大奥
廊下
新御座敷
萩之間
石之間
十畳之間
笹之間
奥坊主頭
御成廊下
風呂屋口御成御門
土圭之間
酒部屋
老中
若年寄
中之間
御台所
桔梗之間
奥右筆部屋
羽目之間
黒書院上段
竹之廊下
土戸御門
御門
御長屋門
番所
勘定奉行
中之口御門
白書院上段
御細工房多聞
柳之間
鉄之間
書院番
虎之間
遠侍之間
奥右筆
勘定吟味組頭
松之廊下
大広間上段
松之間
二之間
三之間
御玄関
御納戸多聞
数寄屋二重橋
能舞台
土蔵
鏡之間
書院番頭
御楽屋
御門
北
本丸

張徳川家屋敷
早稲田村
江戸川
音羽
護国寺
至板橋宿
江戸川橋
大塚
巣鴨
赤城明神
御納戸町
石切橋
神楽坂
若宮八幡宮
切支丹坂
御薬園
日光御成街道
中山道
小日向馬場
牛込御留守居町
牛込御門
傳通院
小石川
町
田安御門
白山
神明宮
駒込
御門
小石川御門
水戸徳川家上屋敷
入江無手斎道場
春日町
水道橋
水城聡四郎の屋敷
千駄木
神田川
御弓町
竹町
本郷
加賀前田家上屋敷
道灌山
下谷茅町
柳沢家中屋敷
根津権現
霊雲寺
池之端七軒町
日暮里
神田明神
不忍池
湯島天神
忍ヶ岡
昌平橋
昌平坂
明神下
池之端仲町
弁天
仁王門前町
根岸
谷中
筋違御門
東叡山
寛永寺
下谷広小路
内神田
和泉橋
外神田
佐久間河岸
神田佐久間町
下谷金杉町
豊島町
新シ橋
御徒町
下谷山崎町
左衛門河岸
向柳原
下谷竜泉寺町
通塩町
柳原土手
三味線堀
広徳寺
横山町
両国広小路
幡随院
浅草橋
茅町
元鳥越町
甚内橋
米沢町
猿屋町
新吉原
阿部川町
柳橋
両国橋
御蔵前片町代地
新堀川
日本堤
大川
東本願寺
水戸家石揚場
御米蔵
旅籠町
小塚原
回向院
首尾の松
御蔵前
浅草寺
御蔵前通り
日光道中
奥山
浅草
御竹蔵
御厩河岸之渡し
浅草広小路
雷門
浅草観音
山谷町
ツ目之橋
駒形町
新鳥越橋
山谷堀
揚場
駒形堂
花川戸町
本所
南割下水
竹町之渡し
吾妻橋
今戸橋
今戸町
白鬚之渡し
源森橋
三囲稲荷
向島墨堤
源森川
小梅村
長命寺
木母寺
ツ目之橋
北割下水
寺島村
大横川
法恩寺橋
業平橋
亀戸村
小梅村
ツ目之橋
押上村
天神橋
十間川
柳島村
亀戸天神

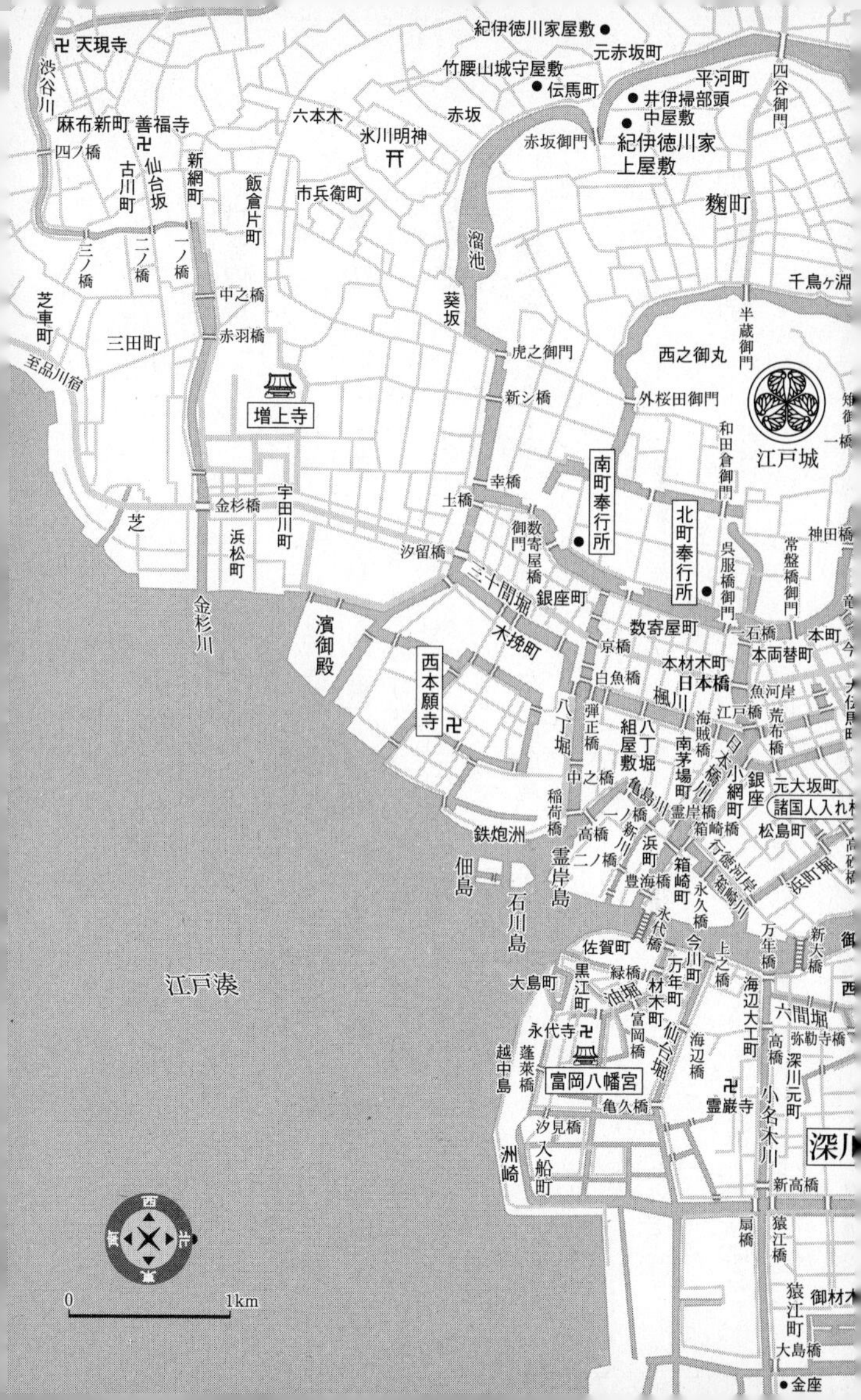
紀伊徳川家屋敷
元赤坂町
天現寺
渋谷川
竹腰山城守屋敷
伝馬町
平河町
井伊掃部頭
中屋敷
四谷御門
六本木
赤坂
氷川明神
赤坂御門
紀伊徳川家
上屋敷
麻布新町
善福寺
四ノ橋
古川町
仙台坂
新網町
飯倉片町
市兵衛町
麹町
溜池
三ノ橋
二ノ橋
一ノ橋
中之橋
千鳥ヶ淵
芝車町
葵坂
半蔵御門
赤羽橋
三田町
虎之御門
西之御丸
至品川宿
増上寺
新シ橋
外桜田御門
和田倉御門
江戸城
南町奉行所
幸橋
土橋
宇田川町
金杉橋
北町奉行所
神田橋
芝
浜松町
数寄屋橋
御門
汐留橋
常盤橋御門
呉服橋御門
三十間堀
銀座町
金杉川
濱御殿
数寄屋町
木挽町
一石橋
本町
京橋
本両替町
西本願寺
本材木町
白魚橋
日本橋
魚河岸
楓川
八丁堀
弾正橋
組屋敷
八丁堀
海賊橋
江戸橋
荒布橋
南茅場町
日本橋川
小網町
銀座
元大坂町
中之橋
亀島川
霊岸橋
諸国人入れ
稲荷橋
一ノ橋
新川
箱崎橋
松島町
高橋
行徳河岸
鉄炮洲
二ノ橋
浜町
箱崎川
浜町堀
佃島
霊岸島
豊海橋
箱崎町
永久橋
石川島
永代橋
今川町
万年橋
新大橋
佐賀町
上之橋
江戸湊
大島町
黒江町
緑橋
油堀
万年町
材木町
海辺大工町
六間堀
永代寺
富岡橋
仙台堀
高橋
弥勒寺橋
越中島
蓬莱橋
富岡八幡宮
海辺橋
深川元町
霊巌寺
亀久橋
小名木川
汐見橋
深川
洲崎
入船町
新高橋
扇橋
猿江橋
西
北
東
南
0
1km
猿江町
御材木
大島橋
金座

主な登場人物

水城聡四郎《みずきそうしろう》……道中奉行副役。一放流の遣い手。将軍吉宗直々の命で、大宮玄馬とともに諸国を回り、また、剣術の師匠・入江無手斎から言われ、諸国の道場も見て回った。

水城紅《あかね》……水城聡四郎の妻。元は口入れ屋相模屋の娘。聡四郎に嫁ぐにあたり、吉宗の養女となる。聡四郎との間に娘・紬《つむぎ》をもうける。

大宮玄馬《おおみやげんば》……水城家の筆頭家士。元は、一放流の入江道場で聡四郎の弟弟子だった。聡四郎とともに、諸国を回った。

入江無手斎《いりえむてさい》……一放流の達人で、聡四郎と玄馬の剣術の師匠。

袖《そで》……元伊賀の女郷忍。兄を殺された仇討ちで聡四郎を襲うが、返り討ちにされたのち、改心して水城家に入り、紅に付き添う。

菜《さい》……袖の妹。伊賀の女郷忍。聡四郎と旅先で出会い、江戸へきて、播磨麻兵衛とともに水城家の警固を担う。

播磨麻兵衛《はりまおへえ》……もとは伊賀の郷忍。すでに現役を退いて隠居、後進の指導にあたっていた。聡四郎と旅先で出会い、聡四郎の助をすることに。

山路兵弥《やまじひょうや》……もとは伊賀の郷忍。すでに現役を退いて隠居。播磨麻兵衛とともに、聡四郎と旅先で出会い、助をすることになる。

加納遠江守久通《かのうとおとうみのかみひさみち》……御側御用取次。紀州から吉宗について江戸へ来る。聡四郎とともに、将軍吉宗を支える。

徳川吉宗《とくがわよしむね》……徳川幕府第八代将軍。紅を養女にしたことから聡四郎にとって義理の父にあたる。聡四郎に諸国を回らせ、世の中を学ばせる。

村垣源左衛門《むらがきげんざえもん》……御庭之者の御休息の間番。将軍吉宗によって、紀州家から幕臣に取り立てられ、吉宗の手足となる。

遠藤湖夕《えんどうこゆう》……御広敷伊賀者組頭。藤川義右衛門の脱退で、将軍吉宗によって、山里伊賀者組頭から御広敷に抜擢される。

藤川義右衛門《ふじかわぎえもん》……もと御広敷伊賀者組頭。聡四郎との確執から敵に回り、江戸の闇を次々に手に入れていた。

鞘蔵《さやぞう》……藤川義右衛門の配下。藤川義右衛門の誘いに乗って、御広敷伊賀者を抜けた。

惣目付臨検仕《つかまつ》る

抵抗

序

「吾《わ》が春来《きた》るぞ」

外には雪が舞っている。だが、室内の熱気は、まるで夏のようであった。

「皆、今宵は存分にいたすがよい」

十畳ほどの書院、その上座で杯を掲げた尾張徳川家《おわりとくがわ》連枝《れんし》、大隅守継友《おおすみのかみつぐとも》が声をかけた。

「おめでとうございまする」

「お控えさま、いえ、もう殿とお呼びすべきでございました」

詰めかけた尾張藩士たちが一様に継友を祝した。

「長かったの。だが、今までの苦労もこのひとときのためだと思えば、甘美な思い出であるわ」

継友が感慨深げに言った。

「七月に兄が亡くなり、ようやく余《よ》の出番来るかと思えば、甥の五郎太《ごろうた》が家督《かとく》を継いだ。これで余の出世はなくなったと嘆いたものだが……」

当主、あるいは世継ぎになにかあったときの予備はお控えさまと呼ばれ、他の兄弟や従兄弟《いとこ》などが養子に出されるのとは逆に、実家にずっと留め置かれた。一応世継ぎの控えとして、あるていどの敬意を持って遇されるが、お付きの家臣の数も少ないうえ、尾張藩でも一目置かれる重臣や名門からは出されず、中級藩士か下級藩士の次男、三男しかいない。これは叛意《はんい》を抱いてもなにもできないようにとの処置である。一応、妾《めかけ》は許されるが、子供を作ることは禁じられる。もし、妾が孕《はら》めば、宿下《やどさ》がりとなり、二度と会うことはなくなる。なにをすることもできず、ただ飯を喰って寝るだけが、お控えさまの姿であった。

その継友に正徳《しょうとく》三年（一七一三）七月、希望が湧いた。兄で藩主の吉通《よしみち》が二十五歳の若さで急死した。

「嫡男の五郎太は三歳、そのような幼児ではとても尾張藩は背負えまい。五郎太が元服《げんぷく》するまでの繋《つな》ぎになるやもしれぬが、余が当主になる」

継友がそう思ったのも、無理はなかった。幕府は七歳未満での相続を認めていなかったからだ。

「幼児に藩政がおこなえるはずもなし」

だが、それも七代将軍家継《いえつぐ》の襲封《しゅうほう》で崩れた。家継は四歳で徳川本家の家督を継ぎ、五歳で征夷大将軍宣下《せんげ》を受けた。六代将軍家宣《いえのぶ》の寵臣《ちょうしん》、間部《まなべ》越前守《えちぜんのかみ》詮房《あきふさ》と新《あら》井《い》白石《はくせき》が保身を考えた結果であったが、これで幕府は七歳という縛りを取り払わざるを得ず、尾張藩は吉通の嫡男五郎太に受け継がれた。

「……馬鹿な」

藩の重臣が迎えに来て、上屋敷へ移り、その後将軍へ目通りをし、尾張藩の主になれると思いこんでいた継友は呆然とした。

「余は終わった」

当たり前ながら五郎太のほうが若い。よほどのことがなければ、尾張藩は五郎太の血筋によって続いていく。そこに継友の出番はなかった。

その五郎太が死んだ。

尾張藩の家督を八月に継いだ五郎太は、元服をすることもなく二カ月足らずで死んだ。

「なんということであるか」

その報せを聞いた継友は快哉《かいさい》を叫び、仕えてくれていた者、五郎太の死を知ってすり寄ってきた者を集め、祝宴を開いた。

そして十一月十一日、家督を相続し、継友は尾張藩六代藩主となった。

その継友に、また幸運が降ってきた。

「公方《くぼう》さま、ご危篤」

七代将軍家継が、正徳六年（一七一六）春、体調を崩し、本復《ほんぷく》は難しいとなった。

しかも家継には子供がいない。

「余が将軍に……」

わずか三年、ふたたびの好機到来に継友が歓喜した。

将軍家に人なきとき、御三家から出す。これが神君《しんくん》と讃《たた》えられる徳川家康《いえやす》の定めた決まりごとである。

「尾張こそ、御三家の長」

御三家は家康の九男義直《よしなお》、十男頼宣《よりのぶ》、十一男頼房《よりふさ》を祖としている。義直を祖とする尾張藩がもっとも年長であった。

さらに三代将軍を決めるときに、家康は寵愛の度合いではなく、長幼《ちょうよう》の序《じょ》で決めるべしとも定めている。

「屋敷の片隅で朽《く》ち果てていくはずだった余が、天下の主に」

継友は興奮を抑えきれなかった。

しかし、継友は紀州《きしゅう》藩主吉宗《よしむね》に負けた。

「紀州公の方が、家康さまに一代近い」

吉宗と継友はそれぞれ家康の曾孫《ひまご》と玄孫《やしゃご》であり、藩主としていけば吉宗が五代、継友が六代と一代の差があった。

これも前例に基づいていた。四代将軍家綱《いえつな》が死んだとき、五代将軍には家綱のすぐ下の弟綱重《つなしげ》の息子でのちに六代将軍家宣になる甲府《こうふ》藩主綱豊《つなとよ》と館林《たてばやし》藩主綱吉《つなよし》の二人が候補としてあがっていた。

「長幼でいうなれば、甲府公が優《まさ》る。されど、家康さまに代が近いのは館林公じゃ」

綱豊が家康の玄孫で、綱吉が曾孫であったことが、家督相続争いに決着をつけた。

これが今回も適用され、継友は将軍になれなかった。

「どこの出自かもわからぬ卑しき女の腹から出た子が、将軍だと。推挙があってもその身を恥じて辞退して当然であろう。決して余は認めぬ。紀州の山猿が将軍など許せるか」

継友は荒れた。

「金を集めろ。あやつが将軍になれたのは、金の力に相違なし」

享保《きようほう》元年（一七一六）、尾張藩に苛政《かせい》が始まった。

第一章　慣例の壁

一

八代将軍徳川吉宗は、奥右筆《おくゆうひつ》を御休息《ごきゅうそく》の間《ま》に呼びつけた。

「お召しにより参上仕《つかまつ》りましてございまする」

奥右筆組頭《くみがしら》が、御休息の間下段襖際で平伏《へいふく》した。

呼び出されたからといって、将軍御座である上段の間に近づくことは認められていなかった。

「……慣例か。無意味な」

吉宗がかろうじて聞こえるていどの奥右筆組頭の声に舌打ちをした。

「これへ参れ」

手にしていた扇子の要で、吉宗が上段の間の中央を指さした。

「……えっ」

奥右筆組頭が目を大きくした。

御休息の間は将軍の居室であり、執務、食事、就寝もこの上段の間の奥にある一段高い御座でおこなう。

江戸城でもっとも重要といえる場所であり、老中《ろうじゅう》といえども許しなく中央に膝を突くなど許されなかった。

「なにをしておる。そこでは話が遠い。大声で遣《や》り合うわけにはいかぬだろうが。さっさと来い」

吉宗が苛立《いらだ》ちを見せた。

「………」

奥右筆組頭が上段の間右手襖際に控える御側御用取次加納遠江守久通《おそばごようとりつぎかのうとおとうみのかみひさみち》や、下段の間左右に居並ぶ小姓《こしょう》たちをおそるおそる横目で見た。

奥右筆は五代将軍綱吉が、老中たちに奪われていた政《まつりごと》を将軍親政に戻すために新設したもので、幕府の公《おおやけ》となる書付のすべてを差配する。

「公方《くぼう》さまのご許可をお取り下さい」

かつては老中の花押《かおう》だけで政令は効力を発していたが、奥右筆が創設されて以来、すべての書付は奥右筆の筆が要るようになった。

「前例がございませぬ」

さらに奥右筆には、政に助言をする権が与えられていた。

身分は低く、奥右筆組頭であっても役高は五百石《こく》、殿中席次はお馬医者の下でしかなかったが、その力は強い。

「これを頼む。至急での」

「お預かりをいたしまする」

老中からの書付でも、特別扱いはしない。どころか、書付の処理を任されているのをよいことに、預かったまま放置する。

「どうなっている。まだか」

「あいにく、御用が重なっておりまして……」

急《せ》かされたところで、平然と後回しにする。

「余の命じたことを先に……」

いかに老中といえども、それは言えなかった。

奥右筆の扱う書付には、他の老中のものは当然、場合によっては将軍から出されるものもあるのだ。

「では、公方さまのお書付を後にいたさねばなりませぬ。お許しをいただいて参りましょう」

そう言われて腰をあげられれば、老中の立つ瀬はなくなる。

「わかった。できるだけ早めにいたせ」

そう言うのが精一杯になってしまう。

奥右筆はまちがいなく幕府の権力者であった。

しかし、いかに奥右筆といえども、将軍に大きな態度で接することはできなかった。

「さっさとせよ」

吉宗の声が一層苛ついた。

「はっ」

これ以上の逡巡《しゅんじゅん》は、吉宗の怒りを買う。

慌《あわ》てて奥右筆組頭は、指定された場所より、心持ち下《しも》で手を突いた。

「そなたはいつから奥右筆をいたしておる」

「宝永《ほうえい》元年（一七〇四）に表《おもて》右筆より移りましてございまする」

奥右筆組頭が答えた。

幕府には表と奥の二つの右筆があった。表右筆は幕府設立のときから右筆としてあった。

歴史は長いが、奥右筆ができてから政から離され、将軍家の私《わたくし》を担うようになり、格下扱いをされた。

「十五年ほどになるな」

吉宗が奥右筆組頭をじっと見た。

「いささか短いような気もするが、それで組頭まであがったのならば、人並み以上にできるのだろう。そなた、名は」

「下條斎右衛門《しもじようさいえもん》めにございまする」

問われた奥右筆組頭が告げた。

「では、下條。そなたに調べものを命じる」

「お調べものでございまするか」

「そうじゃ。今まで役高より少ない家禄の者が役に就くとき、それに応じた加増《かぞう》がなされてきた。そうであるな」

「畏《おそ》れながら、すべてがそうであったわけではございませぬ。足りぬままにお役を務めた者もおりました」

「愚か者」

反論した下條斎右衛門を吉宗が怒鳴りつけた。

「ひいっ」

下條斎右衛門が頭を抱えて身を小さくした。

「躬《み》はすべてとは言っておらぬわ。ほとんどがそうであろうと問うたのだ」

「申しわけございませぬ」

言われた下條斎右衛門が、頭を床にこすりつけた。

「詫《わ》びる間があったならば、申せ」

「はっ。たしかに仰《おお》せの通りでございまする」

下條斎右衛門が這《は》いつくばったまま認めた。

「うむ。では、その後どうなっているかを調べよ」

「その後……でございまするか」

おそるおそる下條斎右衛門が顔を少しだけあげて、吉宗を見た。

「加増してやった者は、その後十分な働きをして、より重要な役目へ立身したのか、あるいはその役に長く留《とど》まり、熟達した役人として隠居するまで尽くしたのかをだ」

「……公方さまのお言葉に反するつもりは毛頭《もうとう》ございませぬが、立身したか長く役目を果たしたかという記録は残っておりまするが、熟達したかどうかまでは……」

「残っておらぬと」

「はい」

驚いた吉宗に下條斎右衛門がまたも頭をさげた。

「やむを得ぬ。そなたのせいではない。だが、今後は役を外れるときの勤務の評判も記録するようにいたせ」

「承知いたしましてございまする」

そうでなくとも忙しい奥右筆に、またも負担が増える。だが、将軍の命ならば、従うしかない。苦くゆがみそうになった口を隠すように、下條斎右衛門が平伏したまま受けた。

「あと、もう一つ。加増をされた家の跡継ぎはどうなっているかも調べよ」

「跡継ぎの出仕《しゅっし》についてでよろしゅうございましょうか」

「それでよい」

確かめた下條斎右衛門に吉宗がうなずいた。

「何年ほどお調べすれば」

「幕初からすべて……」

「それはっ」

吉宗の言葉に下條斎右衛門が顔色《がんしょく》をなくした。

「と言いたいところであるが、そなたが奥右筆になってからだけでよい。とりあえずは」

「……承知いたしましてございまする」

とりあえずと言った吉宗におののきながら、下條斎右衛門が首肯《しゅこう》した。

「……まったく、なにをしていたのだ」

下條斎右衛門がいなくなった後、吉宗がため息を吐《つ》いた。

「奥右筆は一人で一日何十枚から百枚をこえる書付を片付けると言われておりまする」

加納遠江守が奥右筆をかばった。

「それでもだ。与えられた仕事をこなすだけでは足りぬと、なぜ気づかぬのか」

「公方さま、それはあまりに……」

加納遠江守が吉宗を諫《いさ》めた。

旗本《はたもと》も御家人《ごけにん》も手元不如意《ふにょい》であり、なんとか縁と伝手《つて》と借財を重ねて、ようやく役料の入る、あるいは余得のある役にありついたのだ。それだけに役目を失うような目には遭いたくない。手柄を立てようと出過ぎたまねをして上役に嫌われたり、失策を犯したりしては、役を失う恐れがある。となれば、言われたことだけをして、余計なまねはしなくなる。

「そのように甘やかしたゆえ、幕府はこうなったのであろう。役に就いたならば、その先を見ずして務まるわけなかろう」

「そのような者は少のうございまする。人というのは、その日一日が無事に過ごせればよいものでございまする」

加納遠江守が首を左右に振った。

「足下しか見ておらぬような者は、今後幕府には不要となる。そのような者は駆逐すべきだ」

「公方さま」

さすがに過激すぎると加納遠江守が、吉宗を制止しようとした。

「徳川家が天下を獲るために、旗本たちは死を賭《と》して戦いましたのでございまする」

「いつの話をしている」

諫《いさ》める加納遠江守に、吉宗が冷たい顔をした。

「神君《しんくん》家康公が天下を獲られてから、百年以上が経つのだ。戦場で命をかけた者など、誰一人として生き残ってはおらぬわ」

「その功績ある者たちの子孫でございまする」

加納遠江守がかばった。

「先祖の功績は、そのときに清算されておろうが。禄高、あるいは褒賞《ほうしょう》の品、官位などでな。今頃持ち出しても意味はない」

「……公方さま」

きっぱりと断じた吉宗に加納遠江守が唖然《あぜん》とした。

「そなた、勘違いをしてはおらぬか、武士の根本たる恩と奉公を。恩は知行《ちぎょう》と身分を与えられたこと。では奉公はなんだ」

「…………」

吉宗の言いたいことに気づいた加納遠江守が黙った。

「言えぬか。言えまいな。恩は受けておきながら、奉公をしていない者ばかりだからの」

氷のような声で吉宗が続けた。

「無役の旗本どもは、先祖の名前に寄生しているだけの役立たず。かといって役に就けても、それ以上の働きはしない。それでいながら、役高に応じた加増を受けようなど、厚かましいにもほどがある。役目を果たし、相応の功績を立ててこそ、はじめて褒美を受け取る権が生まれるというのに……役高などと申して、最初の加増を受けてから、まともに働こうともせぬ。まさに盗人だな」

「さすがにそれは……」

譜代《ふだい》大名、旗本を泥棒扱いするのはよくないと、もう一度加納遠江守が吉宗に注意をした。

「ふん」

吉宗が鼻を鳴らした。

「出るぞ」

不意に吉宗が立ち上がった。

「どちらへお出《い》でに」

予定にない吉宗の行動に、加納遠江守が慌てて訊いた。

「娘と孫の顔を見に行く。阿呆どもの面《つら》を見ているより、はるかにましじゃ」

吉宗が養女紅《あかね》とその娘紬《つむぎ》の二人のもとへ行くと告げた。

「水城《みずき》のもとへお出でになられるのは、お勧めできませぬ。公方さまがお気になさるからこそ、周囲の注目を集めまする。それが先日のような……」

加納遠江守が吉宗を諫めた。

「紬を掠《さら》った愚か者のことか。それがどうした。いつの世でも、権を手にした者は狙われる宿命にある。躬が気にしようが気にすまいが変わらぬわ。気にすれば狙われるだと。気にしなければ、もっと手出しをしてくるだろう。与《くみ》し易《やす》しと考えてな。躬が構えば構うほど、手出しをすれば天下を敵に回すと知らしめることになる。そのほうがはるかにましじゃ」

吉宗が言い放った。

「なにより、あのことがあったゆえ、躬が水城家から距離を置いたと思われるなど、辛抱できぬわ。躬はまったく気にもしていないと見せつけてくれる」

「……次は害されまするぞ」

吉宗への恨みに凝り固まっている元御広敷伊賀者《おひろしきいがもの》組頭藤川義右衛門《ふじかわぎえもん》とその配下が、今回紅と紬を殺さなかったのは、二人の身柄を使って吉宗から譲歩を引き出すつもりだったからである。だが、ことは江戸で爆発と火事を起こすことになってしまった。もう、密かに裏で取引をおこなうといった状況ではなくなった。

なにをどうしようとも、将軍のお膝元を騒がせた藤川義右衛門たちを許すことはできない。捕まえれば、火付けの罪で火あぶりに処すことになる。

となれば藤川義右衛門にとって、紅、紬を人質とする価値はなくなった。それどころか、手の届かない江戸城内にいる吉宗の代わりにできるようになった。

「天下の将軍だと威張ったところで、娘と孫さえ守れぬのだ」

紅と紬の首を大手門前に晒《さら》して、呵々大笑《かかたいしょう》するだろう。

それを加納遠江守は危惧《きぐ》し、吉宗はそれを餌に藤川義右衛門を釣りだそうと考えた。

「わたくしは賛同できかねまする」

初めて加納遠江守が逆らった。

「そうか」

淡々と吉宗はそれを受け入れた。

二

道中奉行副役《そえやく》という役目に水城聡四郎《そうしろう》はあった。

藤川義右衛門との戦いの後片付けが多すぎて、辞任したいという聡四郎の希望も出せず、吉宗から職を解くとの連絡もなかったからだ。

といったところで、出務するべき役所もなにもない。道中奉行は大目付《おおめつけ》、あるいは勘定奉行が兼任しているため、それぞれの詰め所に席はあるが、副役というのは新設された臨時職のため、城中詰め所のことはもちろん、役高さえ決まっていなかった。

「…………」

吉宗からの呼び出しがないのをよいことに、聡四郎は紅の側についていた。

掠《さら》われた娘を手ずから取り返した紅は、それ以来、紬の側を離れなくなっていた。

「母は弱いもの……か」

聡四郎もその紅を心配し、朝から夜まで一緒に過ごしていた。旗本の当主としては異例になるが、妻の居室に寝床を移して、ずっと紅と紬を見守っていた。

「紬は寝たか」

「ええ」

十分に吸わせた乳を仕舞い、襟《えり》を整えながら紅がうなずいた。

「そなたも少し寝るがいい。昨夜もまともに寝られてはいまい」

聡四郎が紅を気遣った。

「いい。眠くないから」

紅が首を横に振った。

「……………」

それ以上のことを聡四郎は言えなかった。

「ちょいとごめんを」

外から声がするなり、襖が開かれた。なかから応答がないのに、襖を開けるというのは礼儀に反する。

「誰ぞ」

妻子との同席を邪魔する無礼者めとの怒気《どき》を溢《あふ》れさせて、聡四郎が誰何《すいか》した。

「ご無沙汰《ぶさた》をいたしておりやした」

「袖吉《そできち》ではないか」

襖際で膝を突いている職人に聡四郎が驚きの声をあげた。

「ちいと職人を率いて川越《かわごえ》まで仕事に出ておりやして……帰ってきて親方から事情を教えていただきやした」

申しわけなさそうに袖吉が頭《こうべ》を垂れた。

袖吉は江戸城出入りの口入れ屋で紅の父相模《さがみ》屋伝兵衛《でんひょうえ》の右腕ともいわれている職人頭である。まだ勘定吟味役《かんじょうぎんみやく》になったばかりの聡四郎をその世事《せじ》に長《た》けた知恵や、鍛えた身体で助けてくれた。

「あっしがいれば……なんぞとうぬぼれるつもりはござんせんが……なにも知らなかったのが情けなくて」

袖吉が手を突いた。

「気にしてくれずともよいとは言わぬ。言ったところで気にするだろうしな」

長く一緒に苦労してきた仲である。聡四郎は袖吉の気性をよくわかっていた。

「かたじけのう存じやす」

袖吉が顔をあげた。

「そのお言葉に甘えて、ちいと黙って見ていていただけやすか」

「わかった」

求めた袖吉に、聡四郎は躊躇《ちゅうちょ》なくうなずいた。

「では、ごめんを」

袖吉が部屋へ入ってきた。

「お嬢」

「……………」

袖吉に呼ばれても、紅は紬から目を離さなかった。

「はあ……」

大きくため息を吐いた袖吉が、紅の目の高さに合わせるようしゃがみこんだ。

「お嬢、相模屋へ帰りますよ」

「……………」

言われた紅が、袖吉をようやく見た。

「身の回りのものは、後で取りに来させやす。さあ、お嬢」

「おい、袖吉」

紅を立ち上がらせようとする袖吉に、聡四郎が驚愕《きょうがく》した。

「旦那、黙っておくんなさいな」

険しい声で袖吉が聡四郎を抑えた。

「わかった」

聡四郎は袖吉を信じることにした。

「今のお嬢は、旦那の足を引っ張るだけでござんす。人を適所に手配する江戸一、いや天下一の口入れ屋相模屋としては、とても見過ごせるもんじゃござんせん。三《み》行半《くだりはん》は、のちほどこちらからお届けしやすので」

「…………」

三行半とは、いわゆる離縁状のことだ。

「離別一札のこと。

一つ、今般双方勝手合を以て離縁に及び、然る上は其の元儀、何方《いずかた》に縁組み致し候とも、私方に二心無く、これにより離別一札くだんの如し」

正確には離縁状と再縁許可状を合わせたもので、文字の書けない民たちが、白紙に三行と半分の長さの棒線を引いて代わりにしたことから、三行半と呼ばれた。

通常は夫から妻に出すものだが、聡四郎と紅の場合、吉宗の養女である紅が格上になるため、紅から出すことになった。

「…………」

目を大きくした聡四郎だったが、一度袖吉を信じると決めたのだ。ぐっと歯を食いしばって、口をつぐんだ。

「えっ……」

紅のほうが衝撃を受けていた。

「なんで、離縁……」

「お嬢、帰りやすよ」

袖吉が紅の腕を摑《つか》んで立ち上がらせた。

「どういうこと」

紅が袖吉を睨《にら》んだ。

「少しは目が生きやしたかね。聞こえてやせんでしたか。お嬢は相模屋へ帰るんですよ。水城の旦那とは別れてね」

袖吉が凍《い》てつくような口調で述べた。

「なぜ……」

「訊きたいでやすか。なぜ水城の旦那をあっしが見限ったか」

啞然とした紅に、袖吉が口の端を吊り上げた。

「お嬢がじつは弱いと気づかず、ここまで追いこんでしまったことでござんすよ」

「旦那さまのことを口にしないで」

紅が袖吉を止めようとした。

「そうでやんすねえ。水城さまのことを言えやせん。あっしも親方も安心してお嬢を預けられるお方だと思っていたんですからねえ。いやあ、人を見る目のないことを恥じ入りますよ。もっとも、そんな男と知らずに惚れこんだお嬢が一番酷《ひど》いでやすが」

袖吉が嘲笑《ちょうしょう》を浮かべた。

「……なにを言った、袖吉」

紅の口から伝法《でんぽう》な調子が飛び出した。

「おや、目だけでなく耳も悪くなりましたかね、お嬢」

「袖吉、おまえ」

「すごんだところで、怖くもありませんや。まったく、腑抜《ふぬ》けたもんだ」

袖吉が首を横に振った。

「水城さまと一緒になる前のお嬢なら、とっくに手が出てやすよ。今頃、あっしは座敷のすみで腹を押さえて呻《うめ》いているはず」

「何が言いたい」

低い声で紅が袖吉に問うた。

「忘れてやしやせんか。お嬢は姫さまの母であると同時に、水城の旦那の妻だ」

「当たり前のことを言うんじゃないよ」

紅が袖吉を怒鳴った。

「当たり前のこと……そこまで言わなきゃいけねえとは」

大きく袖吉がため息を吐いた。

「女でなくなっていやしょうが」

「……っ」

「母親だけでしょう、今のお嬢は」

「…………」

「いや、母親でさえねえ。今のお嬢は姫さまにすがっているだけ」

「……袖吉」

さすがに聡四郎が割って入ろうとした。

「旦那、甘やかすのは止《や》めてくださいな」

袖吉が聡四郎を鋭い目で見た。

「いつまで放っておくんで。たしかに姫さまが掠われたのは衝撃でしたでしょうし、取り戻すまでの不安はさぞかし酷かったでしょうがねえ。だからといって、そこに逃げているだけじゃ、未来《さき》はござんせんよ」

袖吉がきつく言った。

「紅はよくやった」

「たしかにお見事でございやしょうがねえ。だから、ことがすんだらなにもしなくていいというわけじゃございますまい」

ふたたび袖吉が、紅に顔を向けた。

「姫さまが掠われたのは異常、取り返した今は日常。その日常をお嬢は捨てている。そして、それを旦那は許している。そんな夫婦に未来なんぞありゃしやせんよ」

袖吉が断言した。

「言いわけはせぬ。たしかにそうだからな」

聡四郎は素直に認めた。

「だが、それでもよいと思っている。父である吾《われ》でさえ、娘が連れ去られたと聞いてからの日々は不安でたまらなかった。では、目の前で連れ去られた母親はどれくらい辛かったのか、まったく想像もつかぬ。ゆえに吾はなにもできなかった、いや、しなかったのだ」

「それは優しさじゃございやせんよ。ただの逃げでござんす」

鋭く袖吉が指摘した。

「厳しいの」

聡四郎が嘆息《たんそく》した。

「日常を取り戻していない……」

紅が呟《つぶや》いた。

「聞けば、あのくそ野郎は逃げたそうじゃございやせんか」

「藤川か。ああ、どこにも死体はなかった」

袖吉に言われた聡四郎がうなずいた。

「すべて浚《さら》え」

爆発があったと聞いた吉宗は、城下警固《けいご》の名目で巡回する大番組《おおばんぐみ》を使って、吹き飛んだところを探させた。

「川も見逃すな。かならず首を躬の前に持って参れ」

徹底して捜索しろと命じた吉宗の怒りを嘲笑《あざわら》うかのように、藤川義右衛門の痕跡は何一つ見つからなかった。

「それでやしたら、きっとまた来ましょう」

「ああ」

袖吉の懸念《けねん》に聡四郎も同意した。

「今はほとぼりが冷めるのを待っているだろうがな。かならず、来る。今度は掠うのではなく、殺しにな」

聡四郎は藤川義右衛門の執念深さを身にしみて知っていた。

「お嬢、その藤なんとかという奴にもっとも口惜しいと思わせるのはなんだと思いやすか」

「あいつに歯がみをさせること……」

紅が首をかしげた。

「簡単なことで。なにもなかったように日々を過ごすこと。あのていどで揺らぐことはないと見せつけること」

「なにもなかったなんて、そんなわけにはいかない」

袖吉の言いぶんに紅が激昂《げきこう》した。

「それは当然ですがね。それを内に秘めて、外は平穏を装う。それくらいのことはしてのけないと」

ゆっくりと袖吉が首を左右に振った。

「普通どおりにされてる旦那とお嬢を見た藤川は、どう思いやすかね」

「悔しがるだろうな」

聡四郎が答えた。

「やったことが無駄になったわけですからねえ。ふたたび襲い来るのではないかと脅えて頭を低くしているはずが、平然としている。それを見たとき、藤川はどう感じやすかねえ」

袖吉が声を出さずに笑った。

「ああいった闇の連中は、恐怖で人を支配しようとしやす。逆らえばどんな目に遭わされるかしれないとの怯《おび》えを武器にしやす。で、肝心のそれが効かないとなれば、一気に弱くなる。当たり前でやしょう。闇より光のほうが数は多いんでござんすからねえ」

「……袖吉」

それを見た聡四郎が、気づいた。

「あっしがなんとも思っていないはずないでしょう」

静かに袖吉は怒っていた。

「御上《おかみ》の仕事とはいえ、川越へ三月《みつき》も行かされていた。で、帰ってきたら相模屋の親方が、やつれ果てている。なにがと訊けば、姫さまが旦那の留守に掠われたというじゃござんせんか。それを聞いたとき、あっしがどんな気持ちになったか、おわかりですか。たしかに、春日局《かすがのつぼね》さま所縁《ゆかり》の喜多院《きたいん》さまの修復を請《う》け負って、その職人を束ねる役目で、川越を離れるわけにはいきやせんがね。一言も報せがないというのは……あっしが役立たずなのか、それとも馬鹿をすると危惧《きぐ》されたのか……情けなくて情けなくて涙がこぼれやした」

「決して、袖吉を省いたわけじゃない」

紅が首を左右に振った。

「それはそっちの考え。あっしにはあっしの想いというのがござんす」

きっぱりと袖吉が、紅のなぐさめを振り払った。

「で、お嬢、どうしやす。このまま母親として、水城家から去るか。女としてここに残るか」

袖吉が紅に尋ねた。

「ふざけるんじゃないよ。さんざっぱら、あたしの尻を叩いておきながら、今更なことを言うんじゃないよ。あたしは聡四郎さんの側から離れやしないよ」

紅が胸を張った。

「もちろん、紬も二度と手放しはしないわ」

そっと紅が紬を揺すりあげた。

「よいのか。また狙われるぞ」

伝法《でんぽう》な調子を取り戻した紅に、聡四郎は問うた。

「あんた馬鹿」

紅が初めて聡四郎と出会ったときから口にしてきた言葉をぶつけてきた。

「絶対離れてやらないわ。覚悟しときなさい」

「とっくに覚悟はしているが……」

娘を抱きながら器用に指さしてきた紅に、聡四郎は苦笑した。

「……ごめんね。そして、ありがと」

紅が顔を赤くした。

「申しわけありやせんでした」

袖吉が無礼な言動を詫びた。

「いいや。お陰で気が入ったわ」

聡四郎が手を振った。

「それにしても、人が増えやしたね」

山路兵弥《やまじひょうや》、播磨麻兵衛《はりまおへえ》、菜《さい》と袖吉は初対面であった。

「皆、この男はな、相模屋の職人頭で、拙者《せつしや》とも交流のある袖吉という。よしなに頼む」

「承知」

聡四郎に紹介された三人を代表して、山路兵弥が首肯した。

「また、物騒《ぶつそう》な人ばっかり。こういうのを累《るい》が友を呼ぶと」

袖吉があきれた。

「遠慮がないの」

山路兵弥が袖吉の言動に驚いた。

「旦那とは、何度も三途《さんず》の川の手前までご一緒しやしたからねえ」

「したな」

袖吉と聡四郎が顔を見合わせた。

「よき仲でございますなあ」

播磨麻兵衛が感心した。

「馬鹿二人よ」

紅が冷たい目で聡四郎と袖吉を見た。

「そういえば、他にも二人おるぞ」

聡四郎が紅の表情がこれ以上険しくなる前に、話を変えた。

「傘助《さんすけ》と猪太《いのた》でござんしょう。何度か顔を合わしたことがござんす」

袖吉が笑った。

「そうか、二人とも相模屋の義父《ちち》の紹介であったな」

聡四郎が納得した。

道中奉行副役としての格式を果たすため、小者《こもの》を二人、相模屋伝兵衛に頼んで手配してもらっていた。その二人は道中を終えた後も水城家へ奉公することになっていた。

「後で顔を出しておきやす」

袖吉が傘助と猪太と話をしておくと言った。

「そうしておいてくれ」

聡四郎が首を縦に振った。

「……旦那」

不意に袖吉が声を沈ませた。

「生きてはおられるはずだ。紬が嫁にいくのをかならず見ると言われていた」

聡四郎もうつむいた。

「なにをなさっておられるんでしょうねえ、入江《いりえ》の御隠居は」

寂しそうに袖吉がため息を漏らした。

三

将軍家御成《おなり》は格別の名誉と同時にとてつもない面倒をもたらす。

「御成になられる」

袖吉を迎えて、かつての雰囲気を取り戻した水城家に、使番《つかいばん》が駆けこんできた。

「……御成でございまするか。まことに」

思わず聡四郎は問い直してしまった。

「努々《ゆめゆめ》疑うなかれ。公方さまの御成は、まもなくである」

「えっ」

今すぐだと言われた聡四郎は絶句した。

御成にはいろいろな準備が要る。

まず、屋敷の傷《いた》んでいる箇所の修理である。外観はもとより、御成をお迎えする座敷の畳は、すべて表替えをしなければならない。もちろん、廊下に棘《とげ》でも出ていれば大事になる。それを防ぐために緋毛氈《ひもうせん》を敷かなければならなかった。

「お水は御春屋《おつきや》でいただいてこい」

江戸一の名水が出るという平川口《ひらかわぐち》外まで湯茶や煮炊きに使うための水を取りに行かなければならないし、湯茶の接待、食事などの材料も手配しなければならないのだ。

少なくとも三日はないと間に合わなかった。

「満足である」

御成を終えたときに、そう将軍が言えば成功となり、後日相応の褒美《ほうび》が与えられた。

「いたらぬの」

ぎゃくに嫌な顔をさせれば、無事ではすまなくなる。

そもそも御成をするということが、その者を信用しているとの証であり、寵愛を与える家臣であると将軍が公表したことになる。

それだけに御成には準備が要った。

「今ごろ、湯島《ゆしま》聖堂の前をお通りであろう」

「御免」

聡四郎は顔色を変えた。

水城家の屋敷は加賀《かが》藩上屋敷に近い、本郷御弓町《ほんごうおゆみちょう》にある。屋敷から湯島聖堂まで、ゆっくり歩いても四半刻《しはんとき》（約三十分）ほどしかからない。

つまり、もう御成の準備は間に合わないと決まった。

「四郎さま、あっ、旦那さま。公方さまがお見えと聞きました」

女中頭となっている喜久《きく》も蒼白になっていた。

「どうする、どうすれば」

隠居している父功之進《こうのしん》までおたついた。

「用意ができませぬ」

泣きそうな顔を喜久が浮かべた。

「落ち着きなさい。不意に来るほうが悪いの。こっちにはなんの落ち度もないんだから、堂々としていればいいわ」

紅が凛《りん》とした声で言った。

「そうだな。用意ができていないと叱られるならば、そこを申しあげればいい」

いつもの調子を取り戻した紅に、聡四郎も首肯した。

「山路、播磨」

伊賀の郷《さと》から出てきた伊賀者の隠居二人を聡四郎は呼んだ。

「これに」

すばやく二人が聡四郎の前に片膝を突いた。

「公方さまのお側には御庭之者《おにわのもの》がおろうが、屋敷におられる間に、なにか一つでも飛んでくれば大事になる。屋敷の周りを警戒してくれるように」

「承知仕った」

二人が駆けていった。

「玄馬《げんば》」

「はっ」

後ろで控えていた家士《かし》の大宮《おおみや》玄馬が応じた。

「大門を開き、警固を」

「承知いたしましてございまする」

大宮玄馬も駆け出した。

「喜久、井戸の水を沸かしておいてくれ。茶請けは漬け物でよい。公方さまは甘いものは好まれぬ」

「はい」

「慌てないでね。配膳はあたしがするから」

本来、武家の接待に女は出ないが、紅は吉宗が紀州藩主だったときに養女とされている。父への献茶となれば、問題にはならなかった。

「袖《そで》」

「ここにおりまする。奥さま」

紅に呼ばれて袖が近づいた。

「紬をお願い」

「お預かりいたしまする」

ついに紅が紬を他人の手に渡した。

「…………」

聡四郎が黙ってうなずいた。

「よし、やれるだけのことをすればいい」

手を叩いて聡四郎が、一同に気合いを入れた。

「お迎えに出る」

さすがに吉宗が来てから迎えに出るわけにはいかない。一応、先触《さきぶ》れは受けている。前もって出ておかなければ、言いわけはできなかった。

「殿、騎乗にてお見えでございまする」

あと少しで玄関というところで大宮玄馬の大声が聞こえた。

「騎乗……なにをなさる」

警固の者がいるとはいえ、元御広敷伊賀者の腕利きが敵に回っているのだ。身を隠すもののない騎乗、馬に乗るぶん周囲から浮いて、目立ちやすくなる状況など論外である。それこそどこの木の陰、屋根の上から手裏剣や吹き矢が飛んでこないともかぎらないし、平伏して見送る庶民が刺客の化けた姿だというのもあり得る。

「公方さま」

玄関式台《しきだい》に出た聡四郎の前に、吉宗が馬に乗ったままで現れた。

「聡四郎、邪魔をするぞ」

「ようこそお出でくださいました。光栄に存じまするが……なにをお考えでございまするか。せめて駕籠《かご》をお遣いくださいませ」

馬から下りた吉宗に、片膝を突きながら聡四郎が苦言を呈した。

「遠江守と同じことを申すな。もう、藤川は江戸におらぬ」

吉宗が面倒くさそうに返した。

「残党が潜んでいることもございまする」

「さようでござる」

聡四郎の意見に同意しながら、加納遠江守が割りこんできた。

「庭之者《にわのもの》がおるわ」

吉宗がふてくされた。

「上手《じょうず》の手から水が漏れると申しまする」

大きく首を左右に振りながら加納遠江守が諫言《かんげん》を続けた。

「ええい、大事なかったのじゃ」

吉宗がこれ以上は聞かぬと手を振った。

「入るぞ」

草鞋《わらじ》のひもを解くなり、吉宗が屋敷へあがっていった。

「…………」

「はあ」

聡四郎と加納遠江守が顔を見合わせて、ため息を吐いた。

旗本の屋敷といったところで、七百石ほどではさほど広いというわけではなかった。もちろん客間はあるが、譜代《ふだい》大名の御殿のように御成の間と呼ばれる二の間、三の間付きの客間などはない。

「そちらではございませぬ」

勝手知ったるとばかりに奥へ進む吉宗に、聡四郎は慌てた。

「構うな。そなたの部屋でよい」

聡四郎の制止も聞かず、吉宗は聡四郎の居室へ入った。

「変わらぬの」

床の間を背にしながら、吉宗が居室を見回した。

「…………」

今更なにを言ってもしかたがない。聡四郎はあきらめて自室の外、廊下で手を突いた。

「なにをしておる。ここはそなたの部屋ぞ、遠慮するな」

「……はい」

手招きする吉宗に、聡四郎はあきらめた顔で従った。

「公方さまにおかれましては、ご機嫌麗《うるわ》しく……」

「やめい。そなたから形式張った挨拶《あいさつ》など要らぬわ」

口上を述べようとした聡四郎に、吉宗が嫌そうな顔をした。

「畏れ入りまする」

聡四郎が背筋を伸ばした。

「…………」

そっと襖が開いて、紅が膳を運んできた。

「おう、吾《わ》が娘。変わりないか」

吉宗が紅に声をかけた。

「…………」

それには応えず、紅は膳を吉宗の前に置いた。

聡四郎の前に、大宮玄馬が同じものを用意した。

「義父上《ちちうえ》、ご機嫌麗《うるわ》しゅう存じまする。お顔を拝見いたし、恐悦至極《きょうえつしごく》にございまする」

紅が部屋の隅で平伏した。

「うむ」

「先日は、娘のことでお心をわずらわせてしまいましたこと、深くお詫びをいたしまする」

うなずいた吉宗に紅が謝辞を述べた。

「当然のことじゃ。紬は躬《み》が孫である。聞けば、そなたが紬を連れ戻したというではないか。よくぞ、してのけた」

吉宗が気にするなと紅をねぎらった。

「畏れ入りまする」

紅がもう一度頭を垂れた。

「紬はどうしている。顔を見たい」

「はい。今」

一礼して紅が立ちあがり、部屋の外で控えていた袖から紬を受け取った。

「紬にございまする」

紅が紬を抱いたまま、座った。

「抱かせよ。ああ、動かずともよい」

腰をあげようとした紅を制し、吉宗が立ちあがった。

「……大きゅうなったの」

紬の顔を覗《のぞ》きこんだ吉宗が頬を緩《ゆる》めた。

「爺《じじ》じゃぞ、紬」

吉宗が紬を紅から受け取った。

「……泣かず、躬をじっと見ておるわ。これは、なかなかじゃな。紅、そなたによく似た娘に育つであろう」

抱きあげた吉宗が、紬を見たままで言った。

「怪我などは」

不意に吉宗が表情を硬くした。

「痣《あざ》一つございませんでした」

聡四郎が答えた。

「そうか」

吉宗が安堵の息を漏らした。

「そなたは……やつれたな」

紅をあらためて見た吉宗が嘆息した。

「母でございますれば」

「そうであったな。返すぞ」

儚《はかな》げな笑みを浮かべた紅に、吉宗が紬を差し出した。

「…………」

受け取った紅が、紬を見下ろしてやさしくほほえんだ。

「下がってよいぞ」

「では、これにて」

吉宗の許可を受けて、紅が部屋を出ていった。

「……さて」

襖が閉じられるのを待って、吉宗が居住まいを正した。

「聡四郎」

吉宗の雰囲気が政をするときの厳格なものへと変わった。

「はっ」

聡四郎が両手を床に突いて、傾聴の姿勢になった。

「あれ以来、なにかあったか」

「いえ」

「ふむ。やはり江戸を離れたか」

吉宗が苦く頬をゆがめた。

「おうかがいしても」

「なぜ、そう言えるかを聞きたいのであろう」

聡四郎の望みを吉宗はくみ取っていた。

「江戸市中で火薬を使って騒動を起こしたのだ。町奉行はもとより、火付盗賊改《ひつけとうぞくあらため》方《かた》、巡回の大番組も血相を変えて、藤川を探している。そこに庭之者、御広敷伊賀者が加わっている。いかに元伊賀者といったところで、隠れおおせるものではなかろう。そして、どこからも見つけたとか、なにか残されていたとかの報告はない」

吉宗が述べた。

「ああ、さすがに手抜きはしておらぬぞ。越前《えちぜん》めも必死になっておる。これでもう一度城下になにかあれば、切腹だからな。あやつは真剣に紬を捜さなかったからの。次はない。躬は面従腹背《めんじゅうふくはい》の者を使うつもりはない」

わざわざ伊勢山田《いせやまだ》奉行から引きあげて南町奉行にした大岡《おおおか》越前守忠相《ただすけ》を吉宗は冷酷な目つきで酷評した。

「…………」

聡四郎は黙った。

「藤川義右衛門は殺す。かならずだ」

吉宗が断じた。

「考えようによっては、藤川に馬鹿をさせるほうが得かもしれぬがの。南北両町奉行、火付盗賊改方をしている御先手《おさきて》組頭、大番組頭と合わせれば一万石をこえる旗本を潰せるのだ。さらに、役立たずは排除するという躬の本気も伝わろう」

「それはっ」

嘲笑しながら語る吉宗に、加納遠江守が顔色を変えた。

「安心せい。わざとはせぬ」

吉宗が手で加納遠江守を制した。

「天下を変えようという者が、その根本たる民を傷つけることを容認、いや見過ごすわけにはいかぬ。そのようなことをしてみろ、躬の考えている変革は、民の反発で潰されるわ。越前も遠国《おんごく》奉行をしておきながら、そのあたりがわかっておらぬ。上から押さえつければ民は従う。しいたげれば良いとな。少し考えればわかるだろう。武士と民、どちらの数が多いかなど」

「…………」

聞いた聡四郎と加納遠江守が思わず顔を見合わせた。

「なんだ、その顔は。躬が強権を振り回すとでも思っていたのか」

吉宗があきれた。

「いえ」

「そのような……」

加納遠江守が短く否定し、聡四郎は言いわけをしようとした。

「ふん。どうでもよいわ」

小さく吉宗が鼻を鳴らした。

「さて、本題に入ろう。近《ちこ》う寄れ」

吉宗が聡四郎を手招きした。

「御免を」

無駄な儀礼を吉宗は嫌う。聡四郎は儀礼である三度遠慮するという無駄なまねをせず、吉宗の前へ膝で進んだ。

「水城聡四郎、その方の道中奉行副役を解く」

「はっ」

罷免《ひめん》されても当然であった。なにせ紬を取り戻すために、早馬で江戸へ戻った。そのため、主たる街道である東海道《とうかいどう》は往路で確認できたが、帰路に視察する予定だった中山道《なかせんどう》は見てもいない。これで役目を果たしたと言えるほど、聡四郎の面《つら》の皮は厚くなかった。

「その功績をもって三百石加増してくれる。知行所《ちぎょうしょ》については後日報せる」

「ご加増いただける……」

水城家の家禄は聡四郎が継いだとき、五百石であった。その後、勘定吟味役、御広敷用人と出世を重ねたことで七百石になった。

その水城家に吉宗はさらに三百石くれるという。

「千石じゃ。それくらいあれば足りるだろう」

「多すぎまする」

功績を聡四郎は否定しなかった。胸を張って言えるほどのものではないとは思っていたが、しっかりと役目には向き合ってきた。

「ふふふ。そう申すであろうとは思っていた」

にやりと吉宗が笑った。

「…………」

聡四郎の剣士としての修行が、危難を感じさせて背筋の毛が逆立った。

「明後日、昼四つ（午前十時ごろ）、登城いたせ」

「はっ」

将軍としての命である。聡四郎は平伏して受けた。

「……遠江守、戻るぞ」

吉宗が腰をあげた。

「聡四郎」

頭をさげている聡四郎の横で吉宗が足を止めた。

「紬のこと、紅のこと、すまなかった」

そう言って吉宗が去っていった。

四

江戸を逃げ出した藤川義右衛門たちは、わざとゆっくり東海道を進んでいた。

「任以外で富士を見られるとは思ってもおりませなんだ」

久能山東照宮《くのうざんとうしょうぐう》へ向かう坂道の途中で、鞘蔵《さやぞう》が足を止めた。

「そう言えばそうだな」

藤川義右衛門も同意した。

久能山東照宮は駿府《すんぷ》の少し手前にある小山に鎮座している。東海道からの参道は一千二百段に近い階段から成り立ち、登るだけでもかなり苦労する。

もちろん、忍《しのび》にとって階段など千が一万であろうとも平地を歩くに等しいが、普通の人には辛い。

「それにしても寂《さび》れているな」

藤川義右衛門が他の参拝者がいないことに驚いていた。

「遺骸はここにないとはいえ、神君と呼ばれた家康が最初に眠ったところであろうに」

すでに幕府を捨て、闇の者となった藤川義右衛門は、家康に敬称を付けなかった。

「たしかに。武家ならば頭《こうべ》の一つも垂れなければなりませぬ」

鞘蔵が同意した。

「かつては参勤交代の大名も駕籠から降りて登ったという階段も、手入れさえされておらぬ」

藤川義右衛門がひび割れている石段を足で蹴った。石段の割れが大きくなり、数度目で階段が欠けた。

「素通りでございますか」

郷忍《さとしのび》の一人があきれた。

「さすがにそれはまずいということだろうな。参勤交代だと駕籠から大名が降りて、そこに毛氈を敷いてな、東照宮に向かって拝跪《はいき》するんだそうだ。そうでない武士は、階段の登り口で一礼するらしい。

「普通の武士のほうが、安楽でございますな」

郷忍があきれた。

「陪臣《ばいしん》だから遠慮しているのだろう。陪臣が神君に近づくなど、畏れ多いからな」

藤川義右衛門が口の端を吊り上げた。

「だからこそ、我らは直接拝殿に向かい合うのだ。武士でも、幕臣でもない、ただの無頼《ぶらい》としてな。まともでない我らの参拝を迎えて、さぞかし神君さまもお喜びになるだろう」

嘲笑を藤川義右衛門が浮かべた。

「それはおもしろい」

鞘蔵が手を打った。

「さあ、あと半分もない。急ごう。本日は精進落《しょうじん》としで騒ぐぞ」

「おう」

「楽しみでござる」

藤川義右衛門の言葉に、一同が奮起した。

久能山東照宮は山の頂《いただき》を削るようにして造ったためか、敷地は狭い。

「お参りか」

階段を登りきったところで、門番代わりの久能総門番の同心が藤川義右衛門たちに声をかけた。

「さようでございまする。我ら一同とある大名家で江戸詰をいたしておりましたが、このたび国元へ戻ることを許されましてございまする。国元へ戻れば、なかなかこちらへ出向くこともできませぬ。なれば、一期《いちご》の思い出に神君さまのご遺徳を偲《しの》びたく、無礼を承知で参上仕りましてございまする」

すらすらと藤川義右衛門が嘘を並べた。

「その心がけ、陪臣ながら見事である。長居は許されぬが、しっかりと身を清め、拝殿前に額《ぬか》ずくがよい。決して騒いではならぬぞ」

門番同心が認めた。

「では、身を清めまして……」

深く腰を折って藤川義右衛門は、門番同心の前を離れ、手水舎《ちょうずや》で手を洗い口をすすいだ。

鞘蔵たちも倣《なら》う。

「…………」

そこからは無言で一同は拝殿の前に行き、平伏した。

「神君さま。よくも伊賀者を薄禄で縛り付けてくださいましたなあ。お陰で我らは腹一杯喰うこともできず、白粉《おしろい》臭い大奥《おおおく》の女どもの下僕《げぼく》として生きていく羽目《はめ》になりましてござる。本能寺《ほんのうじ》の変《へん》で明智日向守《あけちひゅうがのかみ》に狙われ、命からがら逃げ出した神君さまを無事に岡崎《おかざき》までお送りした伊賀者への恩を感じられなかったのでございますな。今まで七代の将軍に仕えて参りましたが、もう御免でござる。これからは今までの酷い扱いのぶんまで取り立てさせていただきますゆえ、お覚悟を」

仲間にだけ聞こえる独特の発声で、藤川義右衛門が続けた。

「おまえの作った徳川家の屋台骨、腐らせてくれるわ。子孫が代々天下を握り続けていけるようにと願ってもうけた御三家を使ってな。おもしろいぞ、いつの世も家が潰れるのは一族の不和からじゃ」

藤川義右衛門が小さく笑った。

「さて、行こうか」

「このまま、なにもせずに」

郷忍が驚いた。

「行き掛けの駄賃に火を付けては」

鞘蔵も同意した。

「あほう、そんなことをしてみろ。我らがここを通ったと吉宗に教えることになろうが。我らが落とすべきは江戸。骸さえない埋葬地を守っているだけの社《やしろ》ではない」

藤川義右衛門がたしなめた。

「江戸を落とす……」

「さすがでござる」

郷忍と鞘蔵が感心した。

「今は、忍べ。それこそ我らの本分《ほんぶん》である。江戸におる腑抜けた飼い犬、御広敷伊賀者とは違うのだ」

「おう」

「そうじゃ、あやつらとは違う。我らこそ、真の伊賀者なり」

鼓舞《こぶ》した藤川義右衛門に配下たちが興奮した。

「江戸を取り戻し、贅沢《ぜいたく》を極めるぞ。それまで辛抱だ」

藤川義右衛門は、かつて郷忍や御広敷伊賀者のなかで不満を持っている者を仲間に勧誘するとき、貧乏とは決別し、贅沢な生活をさせてやると宣《せん》した。

実際、江戸の無頼たちが言うところの縄張りをいくつも支配し、配下たちに十二分な金を与えることができていた。

それが今回の失敗で無に帰した。縄張りを捨てて江戸を去った今、どこからも金は入ってこない。

「話が違う」

「だましたのか」

そうなれば、あっという間に藤川義右衛門の考えている復讐は崩壊する。

どれだけ優れていようと、腕利きであろうと、一人のできることには限りがある。聡四郎を狙っても、大宮玄馬が立ち塞がる。大宮玄馬は小柄なため、一撃必殺の太刀を振るうわけではないが、そのぶん素早く手裏剣や矢でも防ぎきる。ならば紬か紅をと思っても、隠居したとはいえ、郷忍を代表する腕利きの山路兵弥、播磨麻兵衛の二人に、女忍の袖もいる。ならば乾坤一擲《けんこんいってき》とばかりに吉宗を襲ったところで、庭之者、幕府伊賀者という壁が立ちはだかる。

そもそも藤川義右衛門は、腕で御広敷伊賀者組頭になれたわけではなく、根回しや人扱いのうまさで出世しただけで、腕だけならば伊賀者として可もなく不可もなくといったところでしかない。

仲間がいなければ、とてもやっていけなかった。

「幸い、江戸を出るときに金は持ち出せた。これで一年は余裕で喰える」

藤川義右衛門が懐を叩いて見せた。

「他にも志方《しほう》が江戸の隠し金を持って追いついてくる。合わせれば五百両になるだろう」

「五百両……」

告げた藤川義右衛門に、一人の抜忍《ぬけにん》が呟いた。

「そうだ、五百両だぞ。かつての身分ならば、五十年分の働きに近い。それをここにいない志方を含めて七人で割るのだ。しかも、我らがもう一度江戸へ戻るまでの間、保《も》てばいい。うまくいけば、一年経たずしてな」

藤川義右衛門が配下たちを鼓舞した。

「本当に志方は合流いたすのか」

郷から抜けてきた伊賀者が疑心を見せた。

「なにが言いたい、助造《すけぞう》」

「志方が江戸から持って来る隠し金はいくらほどでござる」

助造と呼ばれた抜忍が問うた。

「志方が持ち逃げすると……」

「金額次第では、疑うのも普通ではございませぬか」

険しい目の藤川義右衛門に助造が反した。

「三百五十両ほどだ」

「ほう、大金でございますな」

金額を聞いた助造が下卑《げび》た笑いを浮かべた。

「志方は御広敷伊賀者のころから配下として、よく知っている。そのようなことをする者ではない」

「お頭も甘いことでござる」

「甘いと侮るか」

藤川義右衛門が怒りを見せた。

「御広敷伊賀者の俸禄《ほうろく》は、年十両に値するとさきほど言われましたな。三百五十両は三十五年分。あの諸色《しょしき》の高い江戸でも月に一両あれば、一家が生きていける。組屋敷がなければ家賃がかかるとはいえ、妻《めと》を娶り、子ができても三百五十カ月、二十九年ほど生きていける。無為に過ごしてでござる。それを元手に商いでも始めれば、子々孫々まで生きていけましょうなあ」

「商人に堕《お》ちるなどあり得ぬ。我らは伊賀者ぞ」

助造の意見に藤川義右衛門が首を横に振った。

「無頼に堕ちたというのに」

「あれは方便《ほうべん》だ。吉宗に復讐するためのな」

あきれた助造に、藤川義右衛門が主張した。

「志方に復讐の意図はござるか。吾にはない。伊賀の郷で死ぬような修行をさせられても、腹一杯喰えぬ。嫁ももらえぬ。そんな未来のない毎日に嫌気が差したから、お頭の誘いにのったのではないか。復讐を手伝ったのは、贅沢をさせてもらえたからだろう」

江戸の闇のほとんどを支配した藤川義右衛門たちは、一人月に数十両という金を好きに使えた。

「塩で固めていない海の魚を初めて食ったときは、その甘さに驚いた。白米の光に目を疑った。吉原《よしわら》の妓《おんな》の匂いに溺れた。すべてが郷にいては味わうことのできなかったもの」

助造が思い出したのか、陶然《とうぜん》とした。

「御広敷伊賀者は、これらを知れる役目なのか」

「……いいや」

藤川義右衛門が確かめる助造に首を横に振った。

「禄だけでは、喰うのがせいぜいだ。遊びに使える金は大奥女中代参《だいさん》の供をしたとき、その女中たちが芝居を見たり、酒席を楽しんだりするのを黙認する代償としてもらえる心付けだけ。とても吉原には行けぬ。せいぜい、岡場所で一刻《いっとき》（約二時間）ほど遊んで酒を呑むくらいだ」

苦そうな顔で藤川義右衛門が述べた。

男子禁制の大奥では、端《はした》あるいはお犬《いぬ》と呼ばれる雑用担当の女中以外は、終生奉公とされている。親が死んでも実家へ帰ることはできなかった。これは、大奥の女はすべて将軍のものだからである。つまり、大奥女中が懐妊したとき、父親は将軍でなければならない。そのため大奥は男子禁制であり、女中は終生奉公として、子供ができたときの正統性を担保していた。

だが、なかにいるのは生身の女である。終生奉公と覚悟はしていても、ずっと同じところに籠《こ》もっていると嫌になる。

それを発散させるのが、代参であった。

歴代将軍、その御台所《みだいどころ》、将軍生母の命日には、大奥から徳川の菩提寺《ぼだいじ》である増《ぞう》上寺《じょうじ》、寛永寺《かんえいじ》へお参りの一行が出た。他にも将軍の病気平癒《へいゆ》、懐妊している側室《そくしつ》の安産祈願などの神社参拝もある。

基本、大奥で代参に出るのは、中臈《ちゅうろう》以上の身分を持つ者になる。代参というだけに、御台所あるいは将軍生母、懐妊中の側室の代理として出かける。当然、一人でとか、数人でではなく、行列を仕立てることになる。

御台所の代参、側室の代参などで格が変わり、供する者の数も増減するが、少なくとも二十人近くにはなる。それを御広敷伊賀者が警固した。

「…………」

思い出したのか、藤川義右衛門が黙った。

「志方はいつ来る」

「わからぬ。一応、江戸の状況も確認してこいとも命じてある」

助造に訊かれた藤川義右衛門が答えた。

「無事に着けばいいがの」

「逃げることはない。逃げれば地の果てまで追ってでも殺す」

言う助造に藤川義右衛門が宣した。

「伊賀の掟《おきて》か」

助造が小さく嗤《わら》った。

第二章　江戸の移ろい

一

抑えつけていたものが消えた。

「どこにもいねえ」

「もう十日は、誰も姿を見てねえらしい」

無頼たちが集まって、藤川義右衛門たちの不在を確認した。

「他の縄張りはどうだ」

集まっている無頼のなかでもっとも貫禄のある男が、もう一度確認した。

「どこともざわついているようだぜ」

「深川《ふかがわ》じゃ、もう縄張りを巡っての小競《こぜ》り合いが始まったらしい」

貫禄のある男に無頼たちが答えた。

「そうか」

聞いた貫禄のある男が腕を組んだ。

「となると、遅れるわけにはいかねえなあ」

貫禄のある男が、集まっていた無頼たちを見回した。

「付いてきてくれるかい。損はさせねえよ」

「もちろんでさ、般若《はんにゃ》の兄い」

「担がせておくんなさい」

誘いをかけた般若と呼ばれた男に、無頼たちが次々と声をあげた。

「よし。まずは賭場《とば》を押さえる。敵対する野郎はやっちまえ。逆らわねえ奴は、おいらのところへ連れて来い」

「全部片付けちゃいけねえんで」

告げた般若に左吉《さきち》が首をかしげた。

「阿呆。この両国《りょうごく》だけで満足しねえんだ。江戸の縄張りを全部、おいらのものにする。たしかにおめえたちもいるが、それだけじゃとても手が足りねえだろう」

「江戸中……」

般若の口から出た野望に、左吉が息を吞んだ。

「そうよ。おいらの夢は大きい。そして、江戸を締めたら、次は吉原よ」

御免色里《ごめんいろざと》という看板を掲げている吉原は、過去一度もどこの支配も受けてはいなかった。

「吉原……そいつは豪儀《ごうぎ》だ」

「忘八《ぼうはち》が邪魔しやすぜ」

野望の続きに、配下たちが違った反応をした。

「江戸中を手にしたら、いかに忘八が剽悍《ひょうかん》だといったところで、数で押し切れるさ。吉原の太夫《たゆう》をいつでも抱き放題だぞ」

「おおっ」

「天下の美女を好きにできる。男の夢……」

一気に無頼たちが盛りあがった。

「さあ、いくぞ。両国の次は浅草《あさくさ》だ」

「おう」

「合点《がってん》だ」

無頼たちが気勢をあげた。

同じことが藤川義右衛門の支配下に入っていた縄張りすべてで始まった。

「足並みが乱れているぞ。今こそ、縄張りを拡げるときだ」

まだ藤川義右衛門たちの攻撃を受けておらず、戦々恐々《せんせんきようきよう》と身をすくめていた縄張りの無頼も、この隙《すき》につけこもうと動いた。

「神妙にいたせ」

「火付盗賊改方である」

吉宗にこれ以上失態を見せられぬと躍起になった町奉行所、火付盗賊改方が問答無用と捕縛にかかった。

「寺へ、大名屋敷に逃げこめ」

少し頭の回る無頼たちはあわてて町奉行所や火付盗賊改方の手が及ばない寺社の境内や、大名の下屋敷などへ身を潜めたが、

「寺社奉行大検使《だいけんし》さまのご出馬である」

「目付《めつけ》の検《あらた》めじゃ」

普段は城中から出ることのない寺社奉行や目付まで出座した。

「この破戒坊主めが。寺ごと打ち壊せ」

「ひええぇ」

寺社奉行は譜代の大名が任じられる。数万石ていどと石高は少ないが、それでも百をこえる兵を出せる。弓や鉄炮まで用意した寺社奉行の軍勢に、賭場を無頼に貸し付けて寺銭《てらせん》を取っていた破戒僧の腰が抜けた。

「当主に切腹させるぞ」

軍勢は率いていないが、目付の権限は大きい。無頼から金をもらって飼われていた下屋敷の藩士たちも、藩が潰れたら浪人することになる。

「出ていけ」

あっさりと昨日までの飼い主に噛みついた。

「どうなっている」

「たまらねえ」

無頼たちは過去にない幕府の強硬策に抗《あらが》いきれず、捕縛されたり、逆らって斬り殺されたり、江戸を捨てて逃げ出したりした。

「やればできることではないか」

誇らしげに手柄を報告に来る者たちを、吉宗は冷ややかな目で見た。

「藤川の一味が隠れるところをなくせ」

吉宗は賭場を潰しただけでは満足しなかった。

「検めじゃ」

町奉行所が岡場所に手を入れた。

「女どもは吉原へ下げ渡せ。男どもは牢《ろう》に入れるまでもない。佐渡《さど》の金山へ送りつけろ」

大岡越前守忠相も顔色を変えて、厳罰で挑んだ。

「公方さまに見限られる」

紬の一件で大岡忠相は、手を抜いた。いや、聡四郎を囮《おとり》にして、己《おの》が手柄につなげようとした。

それを吉宗はしっかりと見抜いていた。

「二度はない」

吉宗から釘を刺された大岡忠相の顔から血の気が引いた。

前例のない伊勢山田奉行から南町奉行への栄転を大岡忠相は得た。

「自ら拾いあげた者を早々に罷免するわけにはいかぬ」

吉宗が大岡忠相を辞めさせないのは、周囲から人を見る目がないと軽視されるのを避けるためである。町奉行に任じてから二年以上経っていたなら、遠慮なく吉宗は大岡忠相を切り捨てている。

それができないからこそ大岡忠相は南町奉行としてあり続けていられるだけで、次に吉宗を怒らせれば、さすがに無事ではすまない。

期待をもって抜擢しただけに、失望させられては怒りもより強くなる。

「慎め」

罷免だけですめばよし。下手をすると、

「三千石を召しあげ、百俵を与える。格を御目見得《おめみえ》以下とし、小普請《こぶしん》入りを命じる」

旗本でも指折りの名門から、御家人落ちもある。

三河《みかわ》以来の譜代と誇ったところで、徳川家の臣でしかないのだ。徳川家の当主である吉宗の命には逆らえない。

「いいか、やり過ぎても構わぬ。城下の不逞《ふてい》な者どもを一掃せよ。決して北町、ましてや火付盗賊改方の後塵《こうじん》を拝するようなまねをするな」

大岡忠相が与力、同心を集めて厳命した。

「もし、手心を加えた者がおれば、ただではすまさぬ。いいや、余がせずとも公方さまが八丁堀《はっちょうぼり》を潰されよう」

「公方さまが直接、我らを……」

罪人に触れることから不浄職と忌《い》み嫌われた町方与力、同心のことなど将軍家が気にするはずはないと信じていた者たちが愕然《がくぜん》とした。

「公方さまを甘く見るな」

大岡忠相が配下を引き締めた。

「御用聞きにも釘を刺せ。もし、無頼と通じた者があれば、小伝馬町《こてんまちよう》の牢屋敷入りだとな」

「…………」

与力、同心が絶句した。

小伝馬町の牢屋敷には、罪人が溢《あふ》れている。

幕府の刑罰は本人の自白をもって決まるため、拷問を受けようとも認めないで頑張っている強情で凶悪な者が小伝馬町の大牢《たいろう》、二間《にけん》牢に山ほどいる。

こういった連中は、十手を持っているというだけで、法度《はつと》を犯しても見逃されているのに無頼や下手人を捕まえて手柄にする御用聞きを嫌っている。

そんななかに御用聞きだった者が放りこまれれば、どうなるかは火を見るよりも明らかである。

寄《たか》って集って暴行を受け、入牢《じゆろう》した翌朝には、冷たくなっている。

「頓死《とんし》じゃな」

ちらと診《み》ただけで、裏を知りながらも自然死だと牢医者が言い切り、死体はそのまま遺族へ下げ渡される。

牢屋敷の役人もわかっていながら、調べもしない。

調べたところで、自白しなければ咎《とが》められないからである。

御用聞きにとって、小伝馬町の牢へ入れられるほど恐ろしいことはなかった。

当然、南町奉行所の気合いの入りかたが違うというのは、すぐに北町奉行所、火付盗賊改方にもわかる。

「越前守だけに手柄を立てさせてたまるものか」

「公方さまのお怒りを買うわけにはいかぬ」

北町奉行所、火付盗賊改方も南町奉行所に引きずられるような形で、厳格に対処する。

藤川義右衛門の姿がなくなったと浮かれていた無頼たちは、散々な目に遭った。

「…………」

それらの様子を、藤川義右衛門の腹心《ふくしん》ともいうべき抜忍の志方が見ていた。

「吉宗を本気にさせた……」

商人風の身形《みなり》になり、馬喰町《ばくろちよう》の旅籠《はたご》に滞在していた志方は、商いを装って江戸中を歩き回り、江戸がどうなるかを確かめていた。

志方が震えた。

「これはまずいな」

志方が唇を噛んだ。

一人の力でいえば、闇は表の数倍ある。しかし、まとまっての戦いとなれば、闇は表に勝てなかった。

人知れず動かなければならない闇に対し、表は堂々と準備することも手を打つこともできる。なにより、数が違いすぎた。

藤川義右衛門の配下は、度重なる聡四郎たちとの戦いで、数を半分以下に減らされている。しかも補充の目途がつかないのだ。

頭数だけの無頼や浪人でいいのならば、百やそこらは集められる。だが、そんな有象無象《うぞうむぞう》など弾《たま》よけにしか使えなかった。

度胸も技も一人前の忍は、もう二度と加わってはこない。どれだけ天下に不満があろうとも、幕府を相手に戦うなど、生きて帰ることを至上としている忍がするはずもなく、どれだけ金を積もうが事後の褒賞を約束しようが、無駄であった。

生きていればこそ名誉に意味があり、金を使うこともできる。死人は何一つ手に入れられないと、忍なら誰でもわかっている。

「……っ」

商談に失敗したといった体《てい》で、うつむきながら歩いていた志方が、息を呑んだ。

「八頭《やがしら》じゃ」

志方の目にかつての同僚が映った。

「御広敷伊賀者も出ていたか。いや、当然だな」

忍の相手ができるのは、やはり忍だけである。

どれほど町方の役人が必死になろうとも、忍を捕まえることはもちろん、倒すことなどできるはずもなかった。

「誘ってみるか……」

御広敷伊賀者のなかから一人でも二人でも引き抜ければ、大きな戦力になる。

「いや、反間之計《はんかんのけい》をさせるだけだな」

志方は自らの考えを否定した。

反間之計とは、仲間を装って入りこみ、秘事を流したり、いざというところで寝返ることだ。かなり勢力を落とした今、それを仕掛けられては破滅することになる。

さりげなくとはいえ、様子を窺《うかが》っていた。

敏《さと》い忍ならば、目を感じることくらいはできる。

志方はためらわずに奔《はし》った。

「……気づかれたか」

「……やはりっ」

八頭が志方を目で捉《とら》えた。

「あの身体付きは志方か」

追いかけながら八頭が見抜いた。

「なんとしてでも捕まえる」

裏切り者を多く出しただけでなく、江戸城中に忍びこまれるという失態を晒《さら》した御広敷伊賀者は、吉宗の信頼を完全に失っている。

そうでなくとも吉宗が紀州から江戸へ入るとき、腹心中の腹心たる玉込《たまこ》め役を隠密として連れてきており、探索の役目は伊賀者から奪われている。

その伊賀者に残った最後の砦、大奥警固が抜かれてしまった。

「伊賀組を潰す」

吉宗が激怒したのも当然であり、いまだそうなっていないのは、玉込め役あらため庭之者の数が足りていないからでしかない。

その数が揃うまでに汚名を返上しなければ、伊賀者は徳川家から放逐《ほうちく》される。三十俵二人扶持から五人扶持と食べていくのもかつかつながら、子々孫々まで受け継いでいける禄を奪われるのは命を失うに等しい。

「くそっ。手が足りぬ」

八頭が歯がみをした。

本来、伊賀者は二人以上で組む。一人では任を果たした後の帰路が不安だからだ。忍は敵地で盗み聞きをしたり、重要な書付を奪ったり、兵糧《ひょうろう》に火を付けたりするのが役目である。

当然、任を果たした後、無事に帰り着かなければならない。そうしないと任が成功したかどうかわからないし、せっかく手に入れた秘事が届かないといった事態になってしまう。

それを防ぐために、伊賀者はよほどでない限り、一人ではなく二人以上で動いた。

ただ今回は、広い江戸を大奥警固当番でない非番の者だけで探索しなければならず、八頭は一人で任にあたっていた。

「……やむを得ぬか。逃がすよりはましだ」

駆けながら八頭は懐から棒手裏剣を取り出して、志方の背中を狙った。

「ぬっ」

気配を察した志方が、横に跳《と》んでかわした。

「もう一つ、喰らえっ」

続けて八頭が撃った。

「当たらぬわ」

それも志方が右へ身体を傾けて避けた。

「…………」

外れるのは最初からわかっている。ただ、左右へ身体を振らせ、重心を狂わせるための手裏剣であった。

いかに体術に優れている忍といえども、重心が狂えば真っ直ぐ走れなくなり、速度が大きく減じる。

「届く」

八頭が太刀を抜いて、志方の背中に斬りかかった。

「ちっ」

志方が殺気を頼りに身をひねった。しかし、重心のずれが邪魔をして、ひねりが足りなかった。

「ぐうっ……」

八頭の太刀が、志方の背中を削《そ》いだ。

「浅いか」

手応えから八頭は致命傷どころか、かすり傷だと悟った。

「かえってよかったわ」

これで捕まえられると八頭はほくそ笑んだ。

藤川義右衛門の一味を倒すだけでも手柄だが、生きたまま捕まえれば勲《いさお》は一段あがる。尋問して藤川義右衛門の居所、残っている仲間のことなどを聞き出せれば、勝負は決したも同然になる。

「あきらめろ」

八頭が太刀の峰で体勢を崩しかけた志方の足を払った。

「甘い」

志方が自らの勢いのままに前へと身体を投げ出した。

「こやつっ」

空《くう》を斬った太刀を押さえるのに、八頭は腕に力を入れた。だが、そうなれば足への注意がおろそかになる。今度は八頭の体勢が前のめりになって狂った。

「喰らえっ」

前転しながら懐へ手を入れた志方が、小さな袋を破りながら八頭へと投げた。

「しまった、目潰しか」

八頭が慌てて目を閉じたが、舞い散った粉を完全に防ぐことはできなかった。

「ぐううう」

目に入った粉の刺激で、八頭は苦悶《くもん》の声をあげてうずくまった。

「…………」

その様子を尻目に、志方は一目散に逃げ出した。

八頭に止《とど》めを刺せる状況だが、抵抗されて手間取ったりすれば、町方役人が駆けつけてくるかもしれない。あまり人気《ひとけ》のないところとはいえ、江戸の城下なのだ。どこから他人が見ているかわからないし、八頭が太刀を抜いたところで、町方へ報せに走った者がいると考えるべきであった。

「くそっ」

目をこすってはいけない。伊賀者が使う目潰しは、細かい川砂を芥子《からし》や山葵《わさび》を溶かしこんだ酒で煮詰めたものに乾燥させた狼の糞などを混ぜて作られている。

もし痛みに負けてこすれば、眼球が砂で傷つく。さらにできるだけ早くきれいな水で洗わなければ、狼の糞などによって汚染され、見えなくなってしまう。

「竹筒を……」

八頭が腰につけていた竹筒の栓を抜き、そこから水を目へと垂らしたが、そのていどの水ではとても足りなかった。

「神妙になされよ。南町奉行所の者である」

悪戦苦闘している八頭へ、かなり離れたところから町方同心が声をかけた。

「町奉行所のお方か。拙者御広敷伊賀者の八頭伝太《でんた》と申す者。御手配中の賊を見つけたゆえ追いかけていたのでござるが、反撃を喰らい……」

八頭が声のした方へ顔を向けた。

「御手配中の賊……そやつはどこへ」

町方同心が身を乗り出した。

「あちらへ逃げていったと思うが、ご覧の通り目潰しを……」

「追うぞ」

「へい」

八頭の話を聞きもせず、町方同心と供についていた御用聞きが駆けていった。

置いていかれた八頭が呆然とした。

「……水を」

聡四郎は、吉宗の指示された刻限に、黒書院の間下段襖際で待機していた。

「水城、公方さまよりお話を受けておるか」

取り次ぎをする奏者番《そうしゃばん》が、聡四郎に問うた。

奏者番は譜代大名の出世の第一段とされている。将軍へ目通りする者の経歴、なんのための目通りかなどの委細《いさい》だけでなく、献上品の内容についても熟知していなければならない。もし、披露する相手のことをまちがえでもしたら、将軍の機嫌を害するだけではなく、まちがえられた大名たちの不興《ふきょう》も買うことになる。さすがに一度でどうこうということはまずないが、二度、三度とまちがえればお役を外され、二度と浮かびあがることはなくなる。

ぎゃくに無事務めあげれば、寺社奉行を兼任したあと若年寄《わかどしより》、側用人《そばようにん》などの顕職《けんしょく》へと転じ、大坂城代《おおさかじょうだい》や京都所司代《しょしだい》、果ては老中へといたることもできる。

しくじりが許されない奏者番としては、なんの事前通告もなく、御前体《ごぜんてい》を仕切るのは不安になる。

「任を解くとはうかがっておりまする」

「……任を。そなた何役を務めていた」

奏者番の雰囲気が変わった。

将軍直々に任を解くというのは、よほどの不始末でもないとまずなかった。通常は、老中や若年寄などの支配役から、罷免を言い渡される。

そして将軍から直接辞めろと言われた者に未来はない。

奏者番が聡四郎を軽く見だしたのも当然であった。

「道中奉行副役を相務めておりました」

「……聞かぬ役目だな」

「公方さまより直接命じられましたもので」

「直接……ということはそなただけか」

少し奏者番が戸惑った。

将軍から直接特別な任を命じられるというのは、寵臣の証である。

「そういえば、そなたの妻は……」

奏者番は経歴を知る者でもある。聡四郎の妻紅が、紀州藩主だった吉宗の養女であると思いあたった。

「ご存じでございましたか」

「うむ」

認めた聡四郎に、奏者番がより困惑していた。

養女とはいえ、娘を嫁がせた相手なのだ。聡四郎は吉宗にとって格別な者であることはまちがいない。その聡四郎をわざわざ黒書院まで呼び出し、奏者番と立ち会いの目付のいるところで解職を言い渡す。

吉宗の思惑を奏者番は読めなかった。

「…………」

聡四郎は、嫌な予感に襲われていた。

紀州藩主だったころから、吉宗には散々振り回されてきた。紅のこともそうだ。もともと江戸で指折りの口入れ屋相模屋伝兵衛の一人娘だった紅とは、勘定吟味役になったばかりで右も左もわからなかった聡四郎が寛永寺の普請にかかわる疑惑を調べようとして知り合ったのが最初であった。

江戸城出入りという看板を持つ相模屋の一人娘、しかも衆に優れた容姿の紅を狙って、同業者が蠢《うごめ》き、そこに巻きこまれる形で聡四郎がかかわり、二人の仲は深くなっていった。

やがてどちらもが相手を生涯の番《つがい》と認め合ったところに、吉宗が割ってはいってきた。

「町人の娘では、旗本へ嫁ぎにくかろう」

聡四郎を走狗《そうく》として使えると判断した吉宗は、紅を一種の人質を兼ねた養女として紀州家屋敷に引き取り、そこから水城の家へ輿入《こしい》れさせた。

「……………」

なんとかして聡四郎を名門旗本の娘と婚姻させ、水城家の格をあげようと考えていた父功之進も、紅の輿入れを反対できなくなった。

形だけとはいえ、紀州家の姫なのだ。

そして、八代将軍となった吉宗によって、御広敷用人、道中奉行副役へと抜擢された聡四郎は、幕府の改革に反対しようとする大奥女中や、遠国役の役人たちと戦わされた。

その吉宗が、なんの意味もなく、黒書院という目立つところに聡四郎を呼び出すことはない。かならず、意図がある。そして吉宗がなにかをするとき、かならず聡四郎が駒にされる。

聡四郎は心のなかでため息を吐いた。

「お見えになられる」

同席番の老中が黒書院の間へと姿を現した。

将軍家への目通りは、奏者番が差配する。そこには老中といえども介入は許されない。それでいながら老中が陪席する意味は、目通りを願う者ではなく、奏者番の振る舞いを、将来執政の一人として鍛える価値があるかどうかを、見るためであった。

「御成いいい」

先触れの小姓が声を張りあげた。

「…………」

その後ろに吉宗が、続いて加納遠江守が姿を見せた。

「御前へ申しあげ奉《たてまつ》りまする」

ここからが奏者番の役目になる。

「旗本水城聡四郎、お召しにより参上仕っておりまする」

奏者番は黒書院の間上段と下段の境目の右手に立ち、目見得を手順通りに進めた。

「うむ」

ほんの少し、吉宗が顎《あご》をしゃくるようにした。

「…………」

そこで奏者番が詰まった。

普段ならば、この先どう進めていくか、あらかじめ知らされている。それが今回はない。

「いかがいたした」

寸刻とはいえ滞ったことに老中が怪訝《けげん》な顔をした。

「あっ、いいえ」

奏者番がうろたえた。ここでみっともない姿をさらせば、将来はなくなる。

「よい」

吉宗が手にした扇を少しあげて、奏者番の失態ではないと告げた。

「水城」

「はっ」

普段は聡四郎と呼んでいるが、さすがに黒書院でそれはよろしくない。吉宗は困らないが、聡四郎を分不相応であると咎める輩《やから》が出かねない。

「道中奉行副役、大儀《たいぎ》であった」

「はっ」

これで聡四郎は道中奉行副役から解放された。

「その有り様は見事であった。よって、三百石を与える。遠江守」

「はっ」

加納遠江守が合図を受けて、手にしていた文箱《ふばこ》を聡四郎の前まで運んだ。

「かたじけのうございまする」

すでに加増については聞かされている。聡四郎は恭《うやうや》しく文箱を受け取った。

文箱には新たな三百石の領地がどこであるかを記した書付が入っている。これがないと、どこから加増されたぶんをもらっていいのかわからなくなる。

「…………」

奏者番は無言で立ちすくんでいる。本来ならば、文箱の受け渡しも奏者番の役目であるが、なにも知らされていないのだ。動きようがない。

「すまぬの。少し、驚かせたかったのよ」

唖然としている奏者番に、吉宗が詫びた。

「とんでもないことでございまする」

将軍を謝らせたなどと言われたら、それこそ大事になる。慌てて奏者番が平伏した。

「さて、水城」

もう一度吉宗が雰囲気を厳粛なものへと戻した。

「そなたに偏諱《へんき》を与える」

「なんとっ」

「それは」

吉宗の一言で黒書院の間が震撼《しんかん》した。

二

偏諱とは吉宗だとか家康だとかの諱《いみな》の一字を使ってよいとの許可になる。

例えば、徳川四天王の一人榊原康政《さかきばらやすまさ》の康は、家康から偏諱を許されたものであり、吉宗の吉は五代将軍綱吉からもらったものだ。通常は与える方の諱の下の文字を、いただく方が上にする。が、松平秀康《まつだいらひでやす》のように豊臣秀吉《とよとみひでよし》の諱の上をもらうときもある。

どちらにせよ、よほど本人に近いか、大手柄をたてたかでもないと与えられるものではなかった。

「畏れ多いことにございまする」

さすがにやり過ぎだと聡四郎は遠慮した。

「今後は吉前《よしさき》と名乗れ」

もともと聡四郎の諱は宗良《むねなが》と、宗の字が入っていた。もちろん、その宗は吉宗とはかかわりがない。そこに吉宗が割り込んだ。

「……はっ」

ここまで言われて拒めば、吉宗の立場がなくなる。偏諱を家臣から拒まれたなど、将軍としてこれ以上の恥はない。

「水城聡四郎吉前、惣目付《そうめつけ》を命じる」

「はあっ」

これだけで終わるまいと覚悟していた聡四郎は耐えられたが、陪席していた老中は我慢しきれなくなったのだろう。間の抜けた不審の声を漏らした。

「どうかしたか、山城守《やましろのかみ》」

陪席老中の戸田《とだ》山城守忠真《ただざね》に吉宗が顔を向けた。

「畏れながら……目付ではございませぬので」

戸田山城守が問うた。

目付は千石高の役目である。今与えられた三百石を加えれば、千石となる聡四郎に命じても不思議ではなかった。

「惣目付と申した」

「お待ちをくださいませ。惣目付は今の大目付のことと存じまする。大目付は役高三千石の難役、まだそれに就けるにはいささか……」

述べた吉宗に、戸田山城守がよろしくないと諫言《かんげん》しようとした。

「たしかにこの者は、公方さまのご養女を……」

「山城守」

身内贔屓《びいき》は問題であると言いかけた戸田山城守に、吉宗が冷たい目を向けた。

「そちは躬が、娘婿だから贔屓《ひいき》をすると申すのだな」

「…………」

氷のような声で問われた戸田山城守が固まった。

「そなた、いくつで老中になった」

「ろ、六十四歳でございました」

震えながら戸田山城守が答えた。

「遅いの。どうしてそこまで就任が遅れた」

「それはっ……」

戸田山城守がうつむいた。

「五代将軍綱吉公の御世《みよ》、殿中で起こった刃傷《にんじょう》事件。勅使《ちょくし》ご馳走役を命じられた浅野内匠頭《あさのたくみのかみ》が愚行をおこない、急ぎそなたに交代のお指図が出た」

「……………」

「その後、そなたはお役を免じられ、佐倉《さくら》から越後高田《えちごたかだ》へ移されておるの。本来ならば急な役儀を無事果たしたとして、褒められるべきでありながら、綱吉公の怒りを買った。急な交代を勘案しても、許されぬことをしでかした。そうじゃな」

過去の失策を吉宗は口にした。

「……はい」

「水城を若い、経験が足りぬと申すならば、なぜ、失策を犯し、職を免じられたそなたは再出仕を辞退せなんだのか」

感情の入らない声で吉宗が訊いた。

「……………」

戸田山城守が黙った。

「答えよ、山城」

吉宗が厳しく求めた。

「ご無礼を申しあげましてございまする」

深々と戸田山城守が腰を折って謝罪した。

「…………」

黙ってその様子を吉宗は見続けた。

将軍への謝罪である。吉宗から面《おもて》をあげてよいと言われるまで、平伏していなければならなかった。

「水城、惣目付とは大目付に非《あら》ず」

吉宗が戸田山城守から目を外し、聡四郎へと向けた。

「すべてを監察するものである」

「お待ちを」

思わず立ち会い目付が声をあげた。

「我ら目付はどうなりましょう」

目付としては職分を侵される。どころか、奪われかねない。思わず口を出してしまったのも無理はなかった。

「無礼なり、控えよ」

立ち会い目付は言葉を発してはならず、ただ目通りを願う者に非違《ひい》がないかを確認するだけである。出番を思い出したかのように奏者番が目付を咎めた。

「……なれど」

目付が奏者番に抗弁しようとした。

「監察たる目付が決まりを破るか」

「よい」

さらに言う奏者番を吉宗が宥《なだ》めた。

「気になるであろうからの。心配をいたすな。目付は今まで通り変わらぬ」

「では、わたくしどもが惣目付を監察してもよいのでございまするや」

言った吉宗に、目付が確認を求めた。

「もちろんである。ただし、そなたたちも惣目付の監察を受ける」

「………」

目付が目を大きくした。

「畏れながら、もう一つ。惣目付はなぜ今復活をいたすのでございましょうや」

すでに目付がある。そこに惣目付を作ることは屋上屋《おく》を架することになるのではないかと目付が懸念を表した。

「目付は旗本を、徒目付《かち》は御家人を、そして大目付は大名を監察するために作られた。しかし、いつの間にか目付の権が拡がり、大目付に代わって大名まで監察するようになった。これはなぜじゃ」

問いには答えず、ぎゃくに吉宗が訊いた。

「それは……」

目付が詰まった。

「わからぬか。ならば話しても意味はなかろう。なにより惣目付は復活ではない。新設である」

「新設……」

言われた目付が驚愕した。

「惣目付はその名の通り、すべてを監察する。それが目付であろうが、大名であろうが、大奥であろうが……」

そこまで言った吉宗が、ちらとまだ平伏を続けている戸田山城守に目をやった。

「老中であろうがな」

「……」

戸田山城守が小さく肩を震わせた。

「支配は……」

続けて目付が問うた。

どの役目にも支配というのがあった。目付、御広敷用人ならば若年寄、奥医師ならば典薬頭《てんやくのかみ》といったふうに、指導監督、制約をかけるべき上役がいた。

「躬じゃ。惣目付は将軍直属である」

「……それはっ」

戸田山城守が声を漏らしてしまった。

今ある目付でも老中は監察できた。しかし、幕政最高の権力者である老中を訴えるようなまねを目付はしなかった。権力者に逆らうと、確実に報復されるからである。それを吉宗は、惣目付を設けることでなくそうとしていた。

「躬が支配する惣目付である。江戸城中はもとより、この国のどこであろうとも立ち入ることができる。それがたとえ目付部屋であろうと、大奥であろうと、御用部屋であろうともな」

「お待ちを。御用部屋は他の者が知ってはならぬ天下の政を扱っておりまする。そこに足を踏み入れるというのは……」

「都合が悪いか、山城守」

吉宗が戸田山城守へ矛先《ほこさき》を変えた。

「悪かろうな。かつての大老酒井雅楽頭《さかいうたのかみ》がしようとしていたことと同じようなまねをしようとしておればの」

「うっ……」

戸田山城守が詰まった。

吉宗が言うのは、四代将軍家綱の御世、権力を恣《ほしいまま》にした大老酒井雅楽頭忠清《ただきよ》のことである。家綱に子がなかったことで五代将軍選定が始まったとき、それを一人で決めようとした。

「宮将軍《みやしょうぐん》を擁立《ようりつ》しようとしたというのを躬は信じておらぬ。鎌倉《かまくら》の故事に倣い、宮将軍を京から招き、その補佐として酒井家がかつての北条《ほうじょう》家のように執権《しっけん》を務める。そのような愚かなまねを本気でするとは思っておらぬわ。だがの、酒井雅楽頭は神君家康さまの御遺訓を無視した。将軍に人なきとき、御三家から出せと家康さまは命じられた。そのために御三家だけが徳川の名乗りを許されている。だというに、雅楽頭は御三家に諮《はか》ることなく、ことをおこなった。これは御用部屋でなされたのだぞ。それを拒まずに受け入れた他の連中も同罪じゃ」

「…………」

先達の名前を出されての非難であり、まさに正論である。戸田山城守は抗弁できなかった。

これでは御用部屋は惣目付の監察を拒否できないのだ。目付部屋が惣目付の出入りを拒めるはずもない。

「…………」

苦情を申し立てていた立ち会い目付も沈黙した。

「水城、励めよ」

目通りは終わりだと、吉宗が黒書院の間から去っていった。

「……よろしいかの」

平伏して吉宗の退出を見送った聡四郎がそのままの姿勢で立ち会い目付に問うた。

「あ、ああ。よろしかろう」

呆然としていた目付が、聡四郎に姿勢を戻してよいと許可した。

「山城守さま、お先に座を立たせていただきまする」

まだ呆然としている戸田山城守に、聡四郎は断りを入れた。

「では、お奏者番どの。お手数をおかけいたしました」

奏者番にも声をかけて、聡四郎は黒書院の間を後にした。

「……どうせよと」

下城しようと歩きながら、聡四郎はため息を吐いた。

惣目付の再置、いや新設はあっという間に城中に知れ渡った。

「大奥でも御用部屋でも足を踏み入れられるなど、とんでもないことであるぞ」

「今更、なぜそのような役目を……」

聞いた多くの者は、戸惑った。

「どの将軍さまも手を入れられなかった大奥に目付を入れる。男子禁制を破ってまでそれをなさるということは……」

「御用部屋にも公方さまの目が入る。それはすべての政を公方さまが差配なさろうとのご意志」

少し聡《さと》い者は、惣目付という役目をつくった吉宗の意図に気づいた。吉宗は、改革を邪魔する者として大奥、老中を想定している。

「公方さまのお言葉はなんだと」

もっとも騒動になったのは、目付部屋であった。

目付部屋は、その役目の性質上、他職の入室を禁じている。誰の悪事を調べているか漏れれば、たちまち証拠を処分されてしまうからだ。

「目付は従来の通りであると」

聡四郎の目通りに立ち会った目付が述べた。

「それは、惣目付といえども、我らが監察してよいということか」

年嵩《としかさ》の目付が腕を組んだ。

「惣目付が出入りするというだけで、他は変わらぬ……か」

当番目付が難しい顔をした。

目付は幕府の役目のなかでも特異であった。

定員十人の目付だが、欠員の補充の仕方が独特であった。

「某の抜けた後任を推していただきたい」

当番目付によって、補充は始まる。

他職ならば、老中や若年寄などの上役が、後任を連れてくる。

「この者が誰々の後任となる。仕事を教えてやれ」

もちろん、その役目にふさわしい者もいる。だが、そのほとんどは上役の縁故や贔屓である。それでは目付はやっていられない。

「どうじゃ。最近、目付はなにを探っておるかの」

己を推薦してくれた上役から訊かれれば、答えなければならなくなる。

これを防ぐために、目付は推薦で後任候補をまず出す。

「貴殿が推される某だが、兄が勘定方でなにかと噂がある」

「その御仁の妻女の実家は、最近御老中のお屋敷に足繁く通われているぞ」

候補を調べて、数を減らす。

「……残りは三人か。では、決まりどおりに入れ札とする」

数が減ったところで、当番目付が宣言する。

そう、目付の補充は残っている目付による入れ札により決するのであった。

「この者が六人の札を得た。よろしいな」

こうして新しい目付は任じられる。

目付はここまでして、他からの干渉を嫌がる。言うまでもないが、自らも厳しく律する。

「このたび目付を拝命いたしましてござる。よって、今後は交誼《こうぎ》を遠慮いたす」

就任直後に、親戚、知人などとの交流を断つ。こうして、情実にかられて手を抜くようなまねはしないと明らかにする。

当然ながら、目付の矜持《きょうじ》は高くなる。

「御上の威厳を保つのは我らである」

相手が老中であろうが、御三家であろうが遠慮しない。黒麻《くろあさ》裃《がみしも》に身を包み、城中を胸を張って歩く。

その目付が疑われている。惣目付の新設は、吉宗の信頼が目付にはないと言われたも同然なのだ。

「水城とは何者ぞ」

職務でいない者を除いた目付たちが、部屋の中央に集まった。

「家譜《かふ》は……」

「書庫にあるだろう。徒目付に取ってこさせよう」

当番目付の言葉に、別の目付が応じた。

徒目付は御家人を監察する役目の他、目付の下役として雑用や警固も務めている。目付部屋の二階や大手門脇の番小屋に控え室を持ち、目付からの呼び出しに応じられるよう、何人かが詰めていた。

「家譜が来るまでの間に、話を進めよう」

目付は十人で広大な江戸城の静謐《せいひつ》を守り、天下の監察をおこなっている。まさに猫の手も借りたいほど多忙である。しかし、聡四郎のことを放っておくわけにはいかなかった。

「これは誰もが知っていることだが、水城は公方さまの養女を妻にしている」

「知っている。その妻はお城出入りの口入れ屋相模屋伝兵衛の一人娘だ」

当番目付の言葉を口切りに、別の目付が続けた。

「そもそも水城は、相模屋の娘とどこで出会ったのだ」

年嵩の目付が首をかしげた。

これが町奉行所の同心だとか、御家人だとかいうのならば、商家から妻を娶ることもある。一応、幕府としては武士が町人から嫁をもらうことを禁じてはいないが、それでもいい顔はされない。よほど金に困った御家人が、裕福な商家から持参金付きで妻を迎えるくらいで、将軍に目通りの叶う旗本が、町人から嫁を取るということはまずなかった。

それでもという場合は、しかるべき家柄の養女としてから娶るのだが、いきなり旗本の養女にするというのは、なかなか難しい。養女として受け入れる家が納得しないのだ。

「よほど金に困っているらしい」

無理な養女縁組みをすると、そう勘ぐられる。

「何々家は、その出自が怪しい」

下手をすると家柄自体が疑われることになりかねない。

それを避けるには、まず御家人の養女にしてという段階を踏むことになる。当たり前のことだが、手順が増えるほど金はかかる。

聡四郎と紅のことが目付の興味を惹くのも無理はなかった。

「ここを突いて、水城を黙らせられぬか」

当番目付が言った。

「紀州家の養女になってからのことには口出しできぬ。それこそ公方さまのご機嫌を損なうことになる。その前ならば、公方さまもお手出しなさるまい」

「そうだのう。だが、相模屋のことなど知らぬぞ」

「出入りということで目見得格をいただいてはおるようだが……町人であろう」

目付にとって旗本格など、相手をする価値もない相手でしかなかった。

「徒目付にさせればよい」

「誰が指図をする」

当番目付が一同を見回した。

「儂《わし》は当番ゆえ無理である」

最初に当番目付が手を振った。

同僚でも監察する目付には上下がなかった。どれほど長く目付の地位にあろうが、今日任じられた者に監察されるのが決まりである。となると他の役目のように、組頭だとか頭だとかを作ることができない。

だからといって、十人の目付が好き放題しては困ることも起こる。目付はその役目上、遠国まで出向くこともあるし、江戸にいても秘密裏に探索をするため、何日も登城してこないこともある。そうなれば、なにか他の役目から伝達する事項が出てきたとき、一人一人の目付を探してといった手間をかけなければならなくなる。それでは、他の役目の者がたまったものではない。そこで当番目付という者を一人作り、その月は探索などをおこなわず、ずっと目付部屋に滞在した。用がある者は、当番目付へ伝えればそれですむ。後は、当番目付が、目付部屋へ出てきた同僚に教え、しばらく出てこない者のもとへは徒目付を向かわせる。いわば、当番目付は雑用係であった。

「儂も今、大きなことにかかわっておる」

年嵩の目付も逃げた。

目付は怖いものなしと言われるが、どうやっても将軍には勝てなかった。その将軍のお気に入りにかかわって、吉宗の怒りを買いたくはない。

「おぬしはどうだ。今日の立ち会いをしたというのも縁であろう」

「拙者がか……」

立ち会い目付が苦い顔をした。

「そうじゃな。水城のことはすべて錦沢《にしきざわ》に預けるでよいな」

当番目付が一同に訊いた。

「待たれよ。すべてはいかがであろうか。目付は同格、拙者が水城と相模屋のかかわりを調べるのは請《う》け負うが、それ以外は、他の者にしてもらおう」

一人生《い》け贄《にえ》にされるのは嫌だと錦沢と呼ばれた目付が言い張った。

「むうう」

「それもそうじゃな。では、一同ともに水城のことを調べるようにいたそう」

面倒は避けたいが、ここで錦沢を追い詰めて吉宗側に寝返られたりしては、たまったものではない。

当番目付がため息を吐きながら、手打ちにした。

三

大手門を出たところで、聡四郎は大宮玄馬と山路兵弥の出迎えを受けた。

「お疲れさまでございまする」

「お戻りなさいませ」

「ああ」

頭を垂れる二人に、聡四郎はうなずいてみせた。

「帰ってから話す。ここでできるようなものではない」

聡四郎は辺りを気にした。

江戸城大手門を出たところは、ちょっとした広場のようになっている。いざ出陣というときの馬揃えもできるほどの広場は、普段、登城した主の帰宅を待つ家臣たちのたまり場であった。

「承知いたしましてございまする」

大宮玄馬が首肯して、先に立った。

「お着替えをお預かりいたしまする」

大坂への旅の供をした縁で水城家へ雇われた傘助、猪太、二人の小者はお仕着せを身に着け、中間《ちゅうげん》として仕えている。

「うむ」

将軍へ目通りするとなれば、諸大夫《しょだいぶ》格らしい姿をしなければならない。聡四郎は長袴《ながばかま》と大紋《だいもん》を持参し、城内の控えで着替えて、下城の前に裃姿に戻っていた。

「兵弥」

「はっ」

聡四郎に呼ばれた山路兵弥が一歩近づいた。

「黒《くろ》はどうだ」

「……あいにく」

問われた山路兵弥が首を横に振った。黒は山路たちが伊賀から連れてきた犬である。

「まったくか」

「かろうじて御船蔵《おふなぐら》のところまでは、匂いを追えたのでございますが……」

山路兵弥が頭を垂れた。

「御師《おし》……」

聡四郎は唇を噛んだ。

「今しばし、ときをちょうだいいたしたく。かならずや入江さまの足取りを探し出してみせましょうほどに」

「頼む」

決死の顔つきをした山路兵弥に、聡四郎はそう言うしかなかった。

「殿……」

大宮玄馬も悲痛な顔をした。


黒書院から御休息の間へと戻った吉宗は、加納遠江守だけを残した。

「おるか、仁右衛門《じんえもん》」

「控えおりまする」

吉宗の呼びかけに、天井裏から返答があった。

「降りてこい」

「はっ」

御休息の間、下段右端の天井板が外れ、音もなく影が落ちてきた。

「近《ちこ》う寄れ」

「ご無礼仕りまする」

手招きされたのは、紀州家から吉宗について来た玉込め役、現庭之者の川村《かわむら》仁右衛門であった。

「なにか言いわけはあるか」

「ございませぬ」

問われた川村仁右衛門が頭を畳に押しつけた。

「紀州へ補充を連れに江戸を離れていたとはいえ、なんじゃ、あの体《てい》たらくは」

吉宗が厳しく川村仁右衛門を叱った。

「そなた、聡四郎を随分と軽く見ておったが、己を省みてどうであるか」

「何一つ申せませぬ」

川村仁右衛門は謝罪した。

かつて吉宗が紀州藩主だったころ、川村仁右衛門は聡四郎のことを役に立たないと断じていた。一度は吉宗の命に逆らって、聡四郎を討ち果たそうともした。その川村仁右衛門が、吉宗に睨まれ、身を震わせていた。

「一つまちがえば、躬は孫だと宣した赤子《あかご》を失っていた」

吉宗の孫とされている紬が、掠われた。これは吉宗の鼎《かなえ》の軽重《けいちょう》が問われることにつながった。

「…………」

川村仁右衛門はなにも言えなくなった。

「庭之者の頭はそなたである。その場にいなかったからといって、罪が軽くなるわけではないことくらいわかっておるな」

「承知いたしております」

吉宗の糾弾に、川村仁右衛門が首肯した。

「藤川義右衛門を探し出せ」

「かならずや」

「できなければ、庭之者はその名の通りになる。子々孫々、江戸城の庭掃除をして生きていくことにの」

「…………」

探索方でなくするだけでなく、武士の身分も取りあげると吉宗が告げた。

「そなただけではない。玉込め役であった者すべてがそうなる」

「はっ」

将軍が口にした限り、かならずそうなる。

川村仁右衛門がもう一度、頭を畳に押しつけた。

「よいか。藤川義右衛門を探すだけじゃ。まちがえても殺すな」

「畏れながら、なぜでございましょうや」

吉宗の指図に、川村仁右衛門が問うた。

「死にましたの報告だけでは、気がすまぬ」

「ははっ」

川村仁右衛門は、あらためて吉宗の怒りの深さを知った。

「もう一つ。決して聡四郎にはかかわるな。どのようなことがあろうとも近づくな。そなたの独断は、許さぬぞ」

「……心いたしまする」

このような念押しをされる。これは、吉宗の信頼がもうなくなったとの証であった。

川村仁右衛門が涙をこらえた。

「行け」

吉宗が追うように手を振った。

「……公方さま」

川村仁右衛門が消えるのを待って、加納遠江守が吉宗の前に回って膝を突いた。

「なんじゃ、遠江」

吉宗の機嫌は悪かった。

「なぜ、そこまで藤川義右衛門に執着なさいまするか」

加納遠江守が続けた。

「藤川義右衛門がしたことはたしかに許せぬことではございまするが、たかが忍崩れの盗賊でございまする。天下の将軍家が気になさるほどの者ではないと愚考《ぐこう》仕りまする」

「諫言か、遠江」

じろりと吉宗が加納遠江守を睨んだ。

「藤川ごとき、川村に任せておけばよろしゅうございましょう。川村ならば、いえ、公方さまのお手先である庭之者ならば、かならずや藤川を仕留めましょう。それでよろしいのではございませぬか。そのていどの輩に固執なさるなど、公方さまの沽《こ》券《けん》にかかわりまする。伊賀組を放逐された藤川とその一味は、武士ですらございませぬ。町奉行が取り扱うべき下人」

加納遠江守が藤川義右衛門の相手をするなと述べた。

「躬の沽券なんぞ、とうに傷ついておるわ」

「それは……」

吉宗に言われて加納遠江守が詰まった。

「それに、町奉行が役に立たぬのは、そなたも見たはずじゃ」

「……………」

返答のしようによっては、大岡忠相を召し出した吉宗を非難することになりかねない。加納遠江守は無言で避けた。

「躬は天下を変える。天下をもう一度神君家康さまがご存命であったころに戻したいのよ。怠惰《たいだ》に流れ、刀を重いというような武家を質実剛健に、金があればなんでもできると傲慢《ごうまん》となった民を素直に従う形にな」

「……………」

「そうせねば、この国は滅びる」

黙って聞いている加納遠江守を見つめながら、吉宗が続けた。

「滅びまするか」

加納遠江守が驚愕した。

「ああ、滅ぶ」

　はっきりと吉宗が首を縦に振った。

「三代将軍家光《いえみつ》公が国を閉じられて百年近く、この国のなかで海の向こうに国があり、いつ攻めこんでくるかわからないと知っている者がどれほどおるかの」

「武士は皆知っておりましょう。百姓、職人はわかりますまいが、商人でも唐物《からもの》を扱う者は存じておりましょう」

　吉宗の問いに加納遠江守が述べた。

「そなた、思い違いをしておらぬか」

「思い違いでございまするか」

　加納遠江守が首をかしげた。

「知っているということの意味をわかっておらぬだろう。書物を知っているというのは、紙を綴《と》じて、なかに文字が書いてあるのを知っているというものではないぞ。なかに書かれていることを知解《ちかい》して初めて知っていると言える。それを踏まえて、先ほどのことを考えてみよ。どれほどの者どもが、海の向こうのことを知っておる」

　もう一度考えろと吉宗が命じた。

「ほとんどおりますまい」

ゆっくりと加納遠江守が首を左右に振った。

「おそらく、海の向こうのことを把握しておるのは、薩摩《さつま》の島津《しまづ》、そして蝦夷《えぞ》の松《まつ》前《まえ》くらいであろう」

「島津と松前、南と北の果てでございまするな」

「ああ。島津は琉球《りゆうきゆう》を通じて抜け荷をしておるし、松前はそこまで大きくできてはおるまいが、領地の蝦夷が物なりのないところだけに、交易《こうえき》でもせねばやっていけぬであろうからの」

吉宗がうなずいた。

松前家は関ヶ原《せきがはら》の合戦の前年、徳川家康に臣従《しんじゆう》を申し出て認められたが、その土地があまりに遠いうえ、石高がほとんどなかったため、客将扱いで参勤交代の義務さえなかった。

それを五代将軍綱吉が、無高ながら交代寄合《こうたいよりあい》旗本とした。

「対馬《つしま》の宗《そう》家は朝鮮と付き合っておりまするが……」

「宗は朝鮮だけで精一杯であろうよ」

もう一つあるのではと訊いた加納遠江守に吉宗は首を横に振って見せた。

「なにせ宗は一度、御上をだまして怒らせている」

「柳川《やながわ》が一件でございましたか」

将軍の側近として選ばれるだけに、加納遠江守は知っていた。

「それよ。宗家は御上の文書を偽造して、朝鮮との交渉をおこなっていた」

徳川幕府が成立する前から、徳川家康は豊臣秀吉の朝鮮侵攻で国交が断絶した朝鮮との復交を考え、立地の関係で縁の深い宗氏に交渉を預けた。

宗氏としては渡りに船であった。対馬は国土の割に農地が少なく、朝鮮との交易で生きていただけに、断交は死活問題であった。だからといって勝手なまねをすると、ときの権力者から潰される。宗氏は家康からの指図に飛びついた。

天下人が代わったからといって朝鮮が納得するはずもなく、交渉は難航した。このままでは交易もできないとなった宗氏が、切羽《せっぱ》詰まって幕府の親書を偽造したり、求められた戦犯として死罪人を勝手に朝鮮に渡したりした。

これを宗氏の家老であった柳川調興《しげおき》が幕府へ訴え出た。

柳川調興は徳川家と宗氏の交渉役を務めたことで家康にその器量を認められ、旗本扱いとして禄をもらっていた。柳川調興は宗氏の家臣であるより、旗本として将軍近くに侍《はべ》るほうが未来があると考えて、主家を売ったのだ。

両者を江戸へ呼び出した三代将軍家光は、家臣が主君を訴えるという秩序の乱れ、新たな下剋上《げこくじょう》を認めず、宗氏はおかまいなし、柳川調興は津軽《つがる》へ遠島《えんとう》とし、一件を終わらせたが、幕府の宗氏への風当たりは強くなった。

「宗は、御上の顔色を窺《うかが》うのに必死で、朝鮮以外の国に気を回す余裕などあるまい」

「なるほど」

加納遠江守が納得した。

「では、この国で真剣に異国の脅威を感じているのは、島津と松前、そして長崎《ながさき》奉行くらいだと」

「やれ、聡四郎同様、そなたも一度世間へ放り出さねばならぬかの。紀州から出てきて、なまったようじゃ」

盛大に吉宗がため息を吐いた。

「ご訓戒を願いまする」

悪いところがわからないとなれば、訊くしかない。加納遠江守が吉宗に頭を垂れた。

「よかろう。長崎奉行は遠国奉行の筆頭とされている。それだけ長崎は難しいのだ。なにせ相手は言葉の通じぬ和蘭陀《オランダ》人、清《しん》国人だ。そこに金のためなら国でも売りそうな商人が加わる。勤めあげれば、勘定奉行、あるいは町奉行などへ立身できるのもしかるべしであるが……今の長崎奉行は、それが目的ではない。たしかに立身出世も狙ってはおろうが、その目的は金じゃ。聞いたことくらいはあろう、長崎奉行を三年やれば、孫まで喰えるというのを」

「はい」

吉宗の話に、加納遠江守がうなずいた。

「莫大な手当金だけでも十分であろうが、それに加えて唐物をどれでも一つ、長崎奉行の言い値で買える慣習、これがいかぬ。十両の値で買った唐物が、博多《はかた》や大坂で五百両、千両になる」

「百倍……」

あまりの利の大きさに加納遠江守が絶句した。

「しかも船が入るたびにそれができる」

「なんとも……」

「そんなことに熱をあげる者が、真剣に異国のことを考えると思うか」

「いいえ。気づきませず、申しわけもございませぬ」

叱られた加納遠江守が肩を落とした。

「わかればよい」

吉宗が顔をあげてよいと手を振った。

「幕府が鎖国を取ったのはなぜか。豊臣秀吉公が伴天連《バテレン》追放を言い出されたのはなんのためか。織田信長《おだのぶなが》公が焼き討ち、根切りまでして天下統一を急がれたのはなぜか。それはすべて異国からの侵略を防ぐためである。戦が身近であり、まだ武士が強かった乱世でさえ、異国は恐怖だった。当然だな。本邦にはなかった鉄炮、大筒《おおづつ》などの新兵器を異国は生み出し、運用していた。幸い、その新しい兵器を我らは扱えた。とはいえ、一つまちがえれば、異国からの侵略を受けていたかもしれぬ。そう考えたからこそ、織田信長公、豊臣秀吉公、家光公は、異国を排除しようとなされた。あの時代でさえ、そうなのだ。今はどうじゃ。不意に異国が攻めてきて、防げるか」

「……いいえ」

加納遠江守が力なく首を左右に振った。

「であろう。この国は海に囲まれておる。お陰で、海を渡っての侵略の経験が浅い。鎌倉の末期、元寇《げんこう》があったとはいえ、そんなものの記憶や教訓など、とうになくなっている。そして、海に囲まれているということは、船さえ用意できれば、どこからでも攻めこめる。明日、江戸の沖に異国の船が大挙してきても不思議ではない」

「江戸の海に異国が……」

加納遠江守が息を呑んだ。

「いや、江戸ならまだいい。すぐに対処できるからな。鉄炮も大筒もあり、頼りないが武士もいる。まず、負けまい。問題は、遠国よ。遠国に異国が攻めてきたら、戦うどころか、まともな対応さえ取れまい。そうよな、紀州の新宮《しんぐう》に異国船が攻めてきたら……」

「新宮に異国船が……」

「付け家老の水野《みずの》がおるとはいえ、百ほどの兵では勝負になるまい。おそらく三日も保《も》つまい」

「三日では和歌山《わかやま》からの援兵も間に合いませぬ」

加納遠江守の顔色がなくなった。

「ああ。そして新宮という湊《みなと》を手にした異国は、どんどん船を送ってくる。こうなれば、紀州家でも勝てまい」

「御上が兵を興《おこ》すしか……」

「勝てるか」

「…………」

訊かれた加納遠江守が言葉をなくした。

「今の武士の体たらくで戦えるか。今の民が兵を支えられるか」

「……いいえ」

もう一度問われた加納遠江守が無理だと認めた。

「であろう。ゆえに躬は、天下を変えるのだ。怠惰に流れた気風を一掃し、ふたたび鋭気に満ちた国にする。せねば、本邦は滅びる。異国の奴婢《ぬひ》となり、生み出すべてを奪われてしまうことになる」

吉宗が決意を明らかにした。

「そのためなら、躬はなんでもしてのけよう。紀州から躬に付いてきた者たちでも、役に立たぬとあれば切り捨てる。躬の行く道を邪魔するというならば、小さな石といえども破砕《はさい》する」

川村仁右衛門と藤川義右衛門のことを吉宗は口にした。

「そのための道具たり得るか、遠江守」

吉宗が加納遠江守を見つめた。

「いかようにもお使いくださいますよう」

加納遠江守が平伏した。

第三章　覚悟の有無

一

藤川義右衛門の仲間が江戸にいたという八頭の報告を受けた御広敷伊賀者組頭遠《えん》藤《どう》湖《こ》夕《ゆう》はそれを秘するほど愚かではなかった。

「ご報告をいたしてくる」

遠藤湖夕は、御休息の間に面している庭の蹲《つくば》い石の前で頭を垂れた。

「…………」

声をかけずとも気配で吉宗の警固に就いている御庭之者が気づく。

「伊賀者が参りましてございまする」

当番の御庭之者村垣源左衛門《むらがきげんざえもん》が加納遠江守にだけ聞こえるように、独特の発声で伝えた。

「……………」

無言で加納遠江守がうなずき、吉宗を見た。

「よろしかろう。すみやかにいたせ」

政の発案を持ちこんだ老中に吉宗が応諾した。

「はっ。畏れ入りまする」

目的を果たした老中が席を立った。

「少し、お庭をご覧になられてはいかがでございましょう」

加納遠江守が休息を提案した。

「……そういたそう」

符牒《ふちよう》とわかった吉宗が腰をあげた。

「……なにごとか。結果なく顔を出すなと命じているはずだが」

藤川義右衛門の後任として、山里郭《やまざとぐるわ》伊賀者から抜擢された遠藤湖夕だったが、しくじりをかさね、吉宗から見捨てられそうになっていた。

「ご報告を……」

遠藤湖夕は、伊賀組生き残りのため、矜持を捨てた。

「……残念ながら取り逃がしましてございまする」

「一人だったのか」

報告を聞いた吉宗が確認した。

「はい」

「逃がしたのは情けなき限りであるが、糊塗《こと》しようとせず失敗まで報せたことは、認めてくれよう」

「かたじけなき仰せ」

賞賛とは言えない評価ではあったが、見捨てられるよりははるかにましである。

遠藤湖夕が頭をさげた。

「その藤川の手下は江戸から逃れたと、そなたは考えるのだな」

「おそらく」

「どこへ逃げたかを探り出せ」

「すでに箱根《はこね》と薩埵《さった》峠、白河《しらかわ》に配下を出しましてございまする」

「うむ。よくしてのけた」

まず吉宗が褒めた。

「居場所がわかっても、藤川義右衛門は殺すな」

「……生きたまま捕えよと」

「躬に逆らったのだ。躬は将軍、その将軍に刃を向けた者は見せしめにせねばならぬ。首だけ持ち帰ったのでは、江戸で晒せまい。塩に漬ければしなびるし、酒に漬けてしまえばふやける。そのままでは腐る。それでは、誰かわからぬことになる。はっきりと顔がわかる状態でなければ、意味がない」

はっきりと吉宗が告げた。

「民は御広敷伊賀者だった藤川義右衛門など、顔どころか、名前さえも知りませぬ」

控えていた加納遠江守が口を挟んだ。

「民に対しての見せしめではない。藤川義右衛門の面を知っている者への見せしめである」

「藤川の顔を知っている者……」

繰り返した加納遠江守が気づいた。

「伊賀者……まだご信頼ではございませんか」

加納遠江守が震えながら訊いた。

今の御広敷伊賀者組頭である遠藤湖夕は、吉宗の引き立てによって閑職の山里郭伊賀者から抜擢されている。

「信頼……ふん」

鼻で吉宗が嗤った。

「大奥女中の飼い犬、御用部屋の手先に堕ちた伊賀組を信じろと」

「それは、六代将軍家宣さまがわずかな在位で亡くなられ、跡を継がれた七代家継さまがまだ幼かったゆえでございまする」

稀代《きたい》の悪法生類憐《しょうるいあわれ》みの令《れい》を出した五代将軍綱吉の後始末をし、もう一度幕府の権威を立て直すはずだった家宣は、将軍となってわずか三年で病に倒れた。

そして家宣の四男で七代将軍の地位を継いだ家継は当時五歳でしかなく、そのほとんどを大奥にて過ごし、政務は老中に任せっきりになった。

その結果、老中と大奥の権が大きくなった。

吉宗が八代将軍の座に就くまでの四年間、伊賀組は将軍ではなく、老中、大奥の支配を受けた。そうしないと生きていけなかったからだ。

「遠江、そなた躬が聖人君子だと誤解しておらぬか」

吉宗が加納遠江守を見た。

「…………」

　これも面倒な質問であった。認めれば、長く仕えてきておきながら吉宗の本質をわかっていなかった無能だと自ら認めることになり、否定すれば主君を腹黒いと考えていることになる。

　加納遠江守が黙った。

「まさか、将軍は聖人君子たれと申すのではなかろうな」

「それは……」

　ため息を吐きながら確かめてきた吉宗に、加納遠江守が戸惑った。

「天下人が聖人君子で務まるわけなかろうが。聖人君子なんぞ、そもそもこの世にはおらぬわ。人は生きていくだけで、他人を侵しているものぞ。この国から穫れる米の量はほぼ決まっている。つまり養える人の数も決まっているのだ。遠江、これ以上増えると食べていけぬと、生まれた子を水にすることが今もおこなわれていることくらいは、知っておろう」

「山村や貧しい農村ではままあると聞いておりまする」

　加納遠江守がうなずいた。

「江戸でもあるぞ」

「天下の城下町でそのようなことが……」

言われた加納遠江守が絶句した。

「源左《げんざ》、そなたが話せ」

説明を吉宗が村垣源左衛門に投げた。

「はっ」

応じた村垣源左衛門が、吉宗から加納遠江守へと顔の向きを変えた。

「公方さまが江戸城に入られて以来、我ら庭之者は月ごとに担当を代えながら、ご城下を探索しております」

「城下の探索……なんのためだ」

加納遠江守が首をかしげた。

「足下がどうなっているかもわからず、天下の仕置きなどできまいが」

それに答えたのは吉宗であった。

「民どもは申すそうじゃな。足下の明るいうちに帰れと。天下の政に退きはない。つまり、足下は絶えず明るくなければならないのだ」

「さようでございましたか」

吉宗の言葉に加納遠江守が納得した。

「続けさせていただいてもよろしゅうございましょうや」

「頼む」

話を戻してよいかと言った村垣源左衛門に、加納遠江守が促した。

「江戸は天下の城下町でございまする。それこそ津々浦々から、江戸で一旗揚げたいと考える者、国元では喰えない者が集まってまいりまする。申しあげずともおわかりでしょうが、いかに江戸といえども、そのすべてに満足のいく仕事を与えることはできませぬ」

「もっともじゃな」

加納遠江守も認めた。

「あぶれた者たちは、住むところもなく、無住の寺や古い長屋に入りこんで仕事を探しますが、そのような者を雇うところはございませぬ」

和歌山でもそうであったが、江戸でもまともな商家や職人は、身元引受人のいない者を雇い入れはしない。あとあとなにかあったときのことを怖れるからである。

「となれば、行くすえは決まっておりまする。男は無頼、女は夜鷹《よたか》などの御法度《ごはっと》遊び女《め》」

「…………」

「そのような仕事に明日はございませぬ。明日どころか、一刻先は闇。そういった連中に子ができればどうなりますや。男は足手まといになった孕《はら》み女を捨て、女は己でさえ喰いかねる状態でとても生まれた子供を育てることはできませぬ。赤子が身体から出た夜には、客を受け入れなければ飢えるのでござる」

「なんと……」

加納遠江守が言葉をなくした。

「わかったか。どこにでも口減らしはある。それが江戸であろうが、京であろうがな」

話を吉宗が戻した。

「聖人君子ならば、これを知ってどうする。子殺しがなくなるようになにかをするだろう。貧しい者どもへの施《ほどこ》しをな」

「はい」

「だが、躬はそれを知りながら、なにもせぬ。その者どもが救う価値がないというわけではない。死んでくれたほうがいいとも思っておらぬ」

そこで一度吉宗は息を吐いた。

「なぜ手を出さぬのか。出すだけの余裕がないからだ。躬は堕ちた者以外を救うのに手一杯である」

「堕ちた者は……」

「助けぬ。助ければ、一気に幕府の足下が揺らぐ」

「そのていどのことで、御上が揺らぐなどとは思えませぬ」

加納遠江守が首を横に振った。

「無頼や夜鷹に手を差し伸べてみろ、それ以外の者が黙っておらぬぞ。法度を守らぬような者に手を差し伸べて、まともな我らを見捨てるのかと。他人が百両もらったのに、こっちにはなにもない。それで納得できるか」

「いいえ。同じものを要求いたしましょう」

「助けを求めているわけでもないのにな」

吉宗が同意した。

「そして、そやつらに手を差し伸べたら、今度は裕福な連中が口を開ける。人というのは、他人がいい思いをするのを黙って見ていられない強欲な愚かな者でしかない。そして、そこまで幕府に余力はない。どこかで線を引かなければならない。聖人君子に線が引けるか」

「引くようでは聖人君子ではございませぬ」

加納遠江守が肩を落とした。

「天下人はな、見捨てることのできる者でなければ務まらぬ。そして見捨てられた者は、天下人に恨みを向ける。突き詰めていえば、天下人は恨まれてこそなのだ」

「……………」

「それを承知で躬は将軍となった。そうせねば、幕府が滅び、天下を我がものにしようという者どもが争い、世は乱れよう。そのとき、もっとも被害を受けるのは誰か」

「民でございまする」

見つめられた加納遠江守が述べた。

「そうならぬよう躬は大鉈《おおなた》を振るう。とはいえ、一人ではできぬ。将軍なんぞ、城の奥に閉じこめられた鳥でしかない。江戸城下のことでさえ、まともにわからぬ。それでは改革を口にしたところで、絵に描いた餅以下。そうならないように、躬は庭之者を使おうとした。ああ、聡四郎もそうだ。いわば、庭之者と聡四郎は吾が耳《じ》目《もく》であり、手足である」

「畏れ多い」

村垣源左衛門が感激した。

「躬が信頼する者を外に出す。となれば、誰が天下の悪意を受ける躬を守る。襲い来る者から守る盾となる者、政務に心疲れた躬を支える者は誰じゃ」

「伊賀者と大奥……」

加納遠江守が唖然としながらも口にした。

「そうじゃ。守る盾たる男、そして癒《い》やすべき女。その両方が躬を狙った。ともに皆の手配りではじき返せたが、滅ぼすにはいたらなかった」

大奥は徳川将軍家にとって功績ある春日局《かすがのつぼね》が創設した。春日局は三代将軍家光の乳母であったが、嫡男の座を奪おうとした三男忠長《ただなが》を排除し、家光を三代将軍とした。また、松平伊豆守信綱《まつだいらいずのかみのぶつな》、阿部豊後守忠秋《あべぶんごのかみただあき》らの面倒を子供のころから見てきたため、幕閣《ばっかく》も春日局に逆らえず、表《おもて》は大奥へ手出しをしないという不文律《ふぶんりつ》を生んでしまった。

そのため、大奥は吉宗に敵対したが、目付も手出しができず、お灸を据えるだけで終わってしまった。

「躬は安らぎと安心を奪われた。そのような連中を信じて使うことこそ、主君の器だという者もいようが、躬には無理だ。大奥には入れぬ、熟睡できぬ、厠《かわや》でも油断できぬ。それでも敵に背中を預けるよりましまし」

「公方さま……」

「おいたわしい」

瞳から感情を消した吉宗に、加納遠江守と村垣源左衛門が泣きそうな顔をした。

二

遠藤湖夕を帰した後、腹心と密談をした吉宗は、その途中、四阿《あずまや》を出て泉水側へと歩んだ。

「……源左」

吉宗が村垣源左衛門を呼んだ。

「これに」

村垣源左衛門が吉宗の後ろで膝を突いた。

「藤川を捕まえられると思うか」

「難しいかと」

遠藤湖夕の手配が有効かどうかを訊いた吉宗に、村垣源左衛門が答えた。

「見つかったとわかった以上、相手は必死に逃げまする」

「出遅れたか」

「目潰しを喰らうなど未熟もよいところでございまする」

村垣源左衛門が御広敷伊賀者は使えないと首を横に振った。

「容姿も伝えられぬの」

「それはさほどの問題にはなりませぬ。見た目で忍を探そうとしても無理でございまする。忍を見つけられるのは忍だけ。身形を変えるのが忍の技。男が女に、商人が武士に即座に変わりまする」

「それでは箱根の関所などに人相書を配っても意味がないと」

「ないかと存じまする」

村垣源左衛門が首肯した。

「面倒だの、忍は」

吉宗が嘆息した。

「公方さま、よろしゅうございましょうか」

発言を村垣源左衛門が求めた。

「よい。申せ」

「藤川義右衛門を捕まえるには、再度江戸へ出てくるのを待つのが得策かと存じまする」

許しを得た村垣源左衛門が意見を具申《ぐしん》した。

「待ち伏せよと」

「はい。藤川義右衛門の敵は、己を御広敷伊賀者から放逐する原因となった水城と実行なされた公方さまでございまする」

将軍の前では、執政衆でも敬称を遠慮する。村垣源左衛門が格上の聡四郎を呼び捨てにするのは当たり前のことであった。

「水城を囮《おとり》にせよと申すのだな」

「ご賢察《けんさつ》でございまする」

念を押した吉宗に村垣源左衛門が首を縦に振った。

「で、水城を襲った藤川らをどうやって捕縛する」

「我らで罠《わな》を張りまする」

「どのような罠を」

吉宗が促した。

「お許しをいただければ、水城家を囲む家を我らが押さえまする」

「そこに忍ぶか」

「忍びませぬ。普通に住みまする。すべてを空き家にして、我らが潜めば、気配がなくなりまする。忍というのは気配のないところを嫌いまする」

村垣源左衛門が首を横に振った。

「山のなかでも気配はございまする。熊や狼、鳥などの気配が。ましてや江戸ともなると、気配のないところなどあり得ませぬ。あるとすれば、わざと作り出されたもの」

「罠だとばれるか」

吉宗が難しい顔をした。

「気配にまぎれて近づくのが、もっとも簡単でございますれば」

「ふむ」

少し吉宗が思案に入った。

「……どのくらいで藤川が江戸へ舞い戻ると考えておる」

「少なくとも三月。手の者が大幅に減ったとあれば、その補充もございまするので、一年」

「一年もか」

手間取りすぎだと吉宗が嫌そうに目を細めた。

「追い立てることはできぬのか。鷹狩りのように勢子《せこ》を使い、巣穴から誘い出すわけには」

「それには巣穴を探すことから始めなければなりませぬ」

村垣源左衛門が続けた。

「その行為で、罠だと気づかれるかもしれませぬ」

吉宗の苛立ちに村垣源左衛門が策が見抜かれると懸念を表した。

「罠だとわかってもどうしようもあるまい。藤川は躬を狙うことを止めまい」

「藤川は公方さまへの復讐を決して忘れまいと存じまするが……」

村垣源左衛門が少し口ごもった。

「が……の後を申せ」

はっきりしろと吉宗が急かした。

「他の伊賀者がついてくるかどうか」

「藤川に人望がないと」

小さく吉宗が口の端を吊り上げた。

「……それもございましょうが」

少し戸惑った村垣源左衛門が吉宗の意見に追随しながら、話を進めた。

「忍以外の生活を知ってしまった者どもが、我慢ができなくなるのではないかと……」

「白米の味に慣れた者は、今更麦飯には戻れぬ……か」

「さようでございまする」

的確な喩《たと》えをした吉宗に村垣源左衛門が首肯した。

「それを藤川は認めるか」

「認めますまい。認めては、抜忍《ぬけにん》の集まりは崩壊しまする」

訊かれた村垣源左衛門が首を横に振った。

「抜ければ藤川に殺される。抜けずば天下に居場所はない」

「…………」

吉宗の考えを邪魔しないように、村垣源左衛門が黙った。

「利用できるかもしれぬの」

吉宗の瞳に光が灯った。

「藤川らがどこへ逃げたか、それがわからねば動きようがないか。わかった。以後も気を抜くな」

「では、御免を」

村垣源左衛門が四阿の陰へと消えた。

「遠江」

「はっ」

呼ばれた加納遠江守が、吉宗の前に片膝を突いた。

「始めるぞ、改革を。付いて来い」

「お供いたしまする」

主従が決意を新たにした。


傷ついた獣は、身の安全が守られるところで、癒えるまでじっと過ごす。

藤川義右衛門の罠を食い破ったが、そのときの無理で右肩の骨を折った入江無手《むて》斎《さい》は、江戸を離れ、箱根の湯治場に潜んでいた。

「……お先さまへ、ご一緒させていただきたく」

入江無手斎の入っている浴室へ、別の湯治客が入ってきた。

箱根の湯治には大きく分けて二通りがあった。旅籠や湯治宿に滞在して、内風呂や手入れの行き届いた湯小屋を利用する方法と、誰でも入れる山小屋のような浴室を利用する方法である。

当たり前ながら、宿を取ればそれだけ金がかかり、食事も頼めば高くつく。その代わり、本人は湯治に専念できる。

湯守番《ゆもり》がたまに掃除をするだけの山小屋のような浴室は、出入り口に設けられている小さな銭函《ぜにばこ》に五文《もん》ほど入れればすむ。その代わり、身体を洗うためのぬか袋やへちまなどはもちろん、湯を掛けるための桶さえ置かれてはいない。それどころか、費用のかかる灯りの類はなく、薄ぼんやりとした日の光や月明かりで衣服を脱ぎ、湯に浸かることになる。

当然、日が落ちると金のない者か、他人目《ひとめ》をはばかる者しか入りに来なかった。言うまでもないが、そんなところで脱いだ衣服を放置しておく者はいない。目を離した瞬間にすべてが消えていても不思議ではないのだ。

「…………」

入江無手斎は無言で新たな客を見つめた。

「こう暗いと足下が……」

そう言いながら、脱いだ衣服を手拭いで一纏《ひとまと》めに括《くく》った男が、それを頭に載せて湯船へと近づいてきた。

「湯加減は……」

慣れた手付きで湯の具合を確かめようとした湯治客が、ふと入江無手斎を見た。

「ひっ」

他人目《ひとめ》に触れたがらない夜中の湯治客同士は、あまり相手のことを詮索《せんさく》しないのが決まりである。それでも相手が斬り取り強盗ということもありうるだけに、さりげなく気を払う。なにせこっちは裸なのだ。身に寸鉄も帯びていない状態で油断するのは、殺してくださいと言っているも同じであった。

「…………」

入江無手斎の目だけが闇のなかで煌々《こうこう》と輝いていた。

「化けもの……」

人の目というのは、暗いところでは光りにくい。それは少しでも光を取りこもうと瞳孔《どうこう》を大きくするため、反射しにくくなるからである。

対して光るのは、瞳孔を開かなくても夜目が利く獣の目である。

「お、鬼……」

湯治客が腰を抜かした。

「…………」

その醜態《しゅうたい》を無視して、入江無手斎が湯からあがった。

「鉄棒《かなぼう》……」

湯治客が入江無手斎の左手に握られている鉄の棒に気づいた。

刀も錆《さ》びるのだ。湯につけられた鉄の棒も保《も》たない。それでも刀が一回で錆び付き、鞘《さや》から抜けなくなるのに比して、抜き身のままの鉄棒は数カ月は大丈夫である。湯を出た後、水洗いし、しっかり乾かせばもっと保つ。

入江無手斎が護身のために鉄棒を選んだのは理に適《かな》っていた。

「…………」

腰を抜かした湯治客をちらと一度見下ろした入江無手斎は、そのまま無言で立ち去っていった。

「……な、なんだ」

腰を抜かした湯治客が、震えあがった。

「…………」

裸のまま小屋を出た入江無手斎が手を動かして、わずかに頬をゆがめた。

「ずれてはいない……」

入江無手斎が独《ひと》りごちた。

爆発とともに落ちてきた梁《はり》を両断した入江無手斎は、紅と紬、そして袖を救った。

だが、断ち切った梁が変な形で跳ね、入江無手斎の肩を直撃し、骨を折ってしまった。

「……焦るな」

入江無手斎が己に言い聞かせるように呟いた。

「待っていよ、藤川。儂から生きがいを奪おうとした報い。儂の油断からそうなってしまったことへの詫び。きさまの首を獲らねば儂は地獄に行けぬ」

入江無手斎の目が昏《くら》く光を吸った。

隙を生む脱ぎ着をしなければならない衣服を入江無手斎は小屋へ持って来ていない。裸の入江無手斎が、細い道から外れて山へと入っていった。


新しい役目を作れば、いろいろな手続きが増える。

「いかがいたしましょう」

奥右筆組頭が、吉宗に伺いを立てに来た。

「役高は一千五百石にいたそう」

「はい」

奥右筆が下書きに記した。

一千五百石といえば、遠国奉行の一部と同じ役高になる。

「大概順《たいがいじゅん》への記載はいかがいたしましょう」

「決めておかねばなるまいな」

奥右筆組頭の問いに、吉宗が扇子の要《かなめ》で、左掌を細かく叩いた。

これは吉宗が考えるときの癖の一つであった。

「目付よりは上で、大目付よりは下でよかろう」

吉宗が告げた。

大概順とは役職の格付けのようなものであり、総登城や年始の謁見《えっけん》のときなど、誰がどこに座するかを決める。

基本として旗本役だけであり、老中や若年寄、寺社奉行などの大名役は、大概順とは別枠の扱いとなっていた。

「それではかなり高位になりまするが……」

奥右筆組頭がさりげなく再考を促した。

「すべてを監察できる役目であるぞ。目付より上でなくば、いろいろと面倒になるであろう」

「たしかに仰せの通りではございまするが……新設のお役目がいきなり高いところというのも……」

要らぬ反感を買うことになると奥右筆組頭が助言をした。権の担い手でありながら、奥右筆の格も低い。

「そのていどのもの、撥《は》ね返せずに惣目付という役目は務まるまい」

「……はっ」

将軍がそう言ったならば、もう決定したも同じである。

「では、目付衆より上で、あまり高すぎぬところでよろしゅうございまするか」

奥右筆組頭が確認を取った。

「かまわぬ」

「それでは、そのように」

一礼して奥右筆組頭が御休息の間から去っていった。

「姑息《こそく》な手を使いおって」

吉宗が吐き捨てた。

「どうなさいました」

加納遠江守が怒る吉宗に問うた。

「今のあやつよ」

「奥右筆組頭がなにか」

「詳細を詰めると申しておったろう」

「たしかに」

吉宗に言われた加納遠江守が首を縦に振った。

「前回の道中奉行副役のときにはなかったろうが」

「……そういえば」

加納遠江守が思いあたった。

「そもそも道中奉行自体が、勘定奉行、あるいは大目付の兼帯であり、ほとんどなにもしていない。まさに抜け殻《がら》の最たるものだ。そんな道中奉行の副役なんぞ、何の意味もない。もし、聡四郎が道中での不備を見つけ、それを改善すべきだと訴えたところで、認めるかどうかは道中奉行の権能じゃ。道中奉行が不要と断じれば、それ以上なにもできぬ。できたところで、躬へ直訴するていどであろう」

「公方さまのお指図とあれば、道中奉行どもも動きましょう」

険しい顔の吉宗に、加納遠江守が言った。

「道中奉行副役は道中奉行の配下である。その配下が、上役を飛びこえて躬に直訴する。これがどう取られるかはわかろう。躬が拒めば、なにもなく終わろう。しかし、躬が受け入れたとき、役人どもはどう思うかの。役人としての秩序を乱した聡四郎を受け入れたのは、やはり身内だからだと考えよう。改革をいう者が、贔屓をして、誰が従う」

「それで、今回の惣目付は将軍直属になされた」

加納遠江守が手を打って理解を示した。

「うむ。だからこそ、皆で邪魔をしてくるのだ。今度は改革に抵抗する輩《やから》を探し出すために、躬が惣目付を設けたとわかっておるからの。そのための直属であり、信頼できる者として娘婿を選んだ。これならば贔屓とは言えまい」

厳密には贔屓と言えないわけではなかった。しかし、ならば聡四郎の代わりを務めてみせよと言われれば、誰も引き受けはしない。吉宗の要求が厳しいだけでなく、今まで続いてきた慣習や慣例を弾劾《だんがい》しなければならないのだ。当然周囲を敵にまわすことになる。

「きさま、先日まで儂の配下であったろうが」

「誰のお陰で小普請組から世に出られたと思っておる。恩を忘れたか」

一千五百石高の役目というのは遠国奉行を筆頭に、いくつもの役を経験して初めて就けるものであった。家禄が一千五百石だから、初役が遠国奉行だというようなことは、幕初ならいざ知らず今ではもうない。

つまり惣目付になるころには、世のなかの柵《しがらみ》にがんじがらめとなっている。そんな状態で、吉宗の求める果断な行為などできようはずもなかった。

「ほう、儂を監察すると申すか。よろしかろう。ただし、貴殿とのつきあいはこれまでじゃ。今後、子々孫々まで縁を切らせてもらう」

一門の重鎮《じゅうちん》などからそう言われては、将来に禍根《かこん》を残す。いずれ己も隠居し、息子なりに家督を譲る日が来る。そのとき、一門や有力な知己の援助が得られないのは厳しい。それこそ御目見得の介添えも、嫁取りもできなくなる。

「仰せながら、浅才《せんさい》のわたくしでは重責に堪《た》えられませぬ」

後々の祟《たた》りを考えれば、惣目付など引き受けられない。

「できぬと言うならば、口を出すな」

吉宗の怒りを買うのは、火を見るより明らかであった。

「ですが、それでは水城も困りましょう」

聡四郎の家も幕府開闢《かいびやく》以来の譜代旗本である。将来のことを考えれば、聡四郎に不利でしかないのではと、加納遠江守が訊いた。

「躬の孫の婿となるのを嫌がる者がおるか」

「まさかっ」

聞いた加納遠江守が絶句した。

「……そ、そこまでお考えになって、水城の妻女を養女になさったと」

「賭けではあった。紀州から連れて来た者は、最初から注目を浴びておろう。そなたらの動きは、すべて躬の考えを反映している。当然、そなたたちは見張られる。それでは困ることもあろうほどにな。といったところで、聡四郎が役立たずであれば、そのまま放置したが」

吉宗が淡々と告げた。

「まだまだ甘いところがある。それゆえ御上の目の届きにくい遠国を査察させ、どれだけ世のなかが腐っているかを見せようと道中奉行副役をさせた。孫のことは予想外であったが、これであやつも世間の悪意に気づいたであろう。見過ごすことがどれだけよくないかを知ったのだ。まさに紬のことは禍《わざわい》を転じて福となすであった」

「…………」

加納遠江守が言葉を失った。

「これも紬が無事なれば言えること。もし、紬になにかあったならば、聡四郎は折れていただろう。己がその場にいればと悔やみ、役を辞して紅の側に居続けることにな」

吉宗は聡四郎のことをよく見ていた。

「なんとか最悪の事態は免れたとはいえ、躬の策に土をつけてくれた。藤川には、十二分に思い知らさねばならぬ。本邦において将軍を敵に回すことがどれだけ恐ろしいことかをな」

氷のような声で吉宗が宣した。

三

惣目付に任じられたとはいえ、まだなにも決まっていない。

なにをしていいかわからない聡四郎は新たな呼びだしがあるまで、待機することになった。

「どちらへ」

朝から外出の用意をしている聡四郎に、大宮玄馬が問いかけた。

「道場を見て来ようと思う」

「先日参りましたが……なにもございませんでした」

大宮玄馬が辛そうな顔をした。

「あれから日も経っている。ひょっとすると、師がなにかを取りに戻っておられるやもしれぬ」

聡四郎はかすかな望みを抱いていた。

紅が消沈している間、ずっと聡四郎はその側にいた。そのため、道場を吾が目で確認していなかった。

入江無手斎の一番弟子と自負する聡四郎である。大宮玄馬が見落としたものがあるかもしれないと願っていた。

「では、わたくしもお供を」

「ならぬ」

供をすると言った大宮玄馬を聡四郎は止めた。

「…………」

「わかっているのだろう。今のそなたがせねばならぬことが、なにかを」

黙った大宮玄馬に聡四郎は語りかけた。

「そなたの仕事は、袖を解放すること」

「それだけじゃないわ」

不意に紅が割りこんできた。

「奥方さま」

大宮玄馬が紅へと目を向けた。

「さっさと袖を口説いてきなさい」

紅が大宮玄馬を急かした。

「ですが、今は……」

「今はなに」

大宮玄馬の抵抗に、紅の声が低くなった。

「そのような場合ではないと」

「あなたも馬鹿だったけど、弟弟子も馬鹿だったのね」

紅が聡四郎の顔を見てため息を吐いた。

「いや……」

昔の紅が戻ってきたのはありがたいが、旗本の当主が妻から馬鹿呼ばわりされるのはどうかと、聡四郎は苦笑するしかなかった。

「馬鹿は馬鹿としか言いようがないわよ。まあ、あたしもそれに輪を掛けた馬鹿だったけど。すんだことを気にしすぎて、今から逃げて、未来を捨てていたもの」

今度は紅が苦笑を浮かべた。

「玄馬さん、あなたはなに」

「なにとお訊きなれば、水城家の臣でございまする」

大宮玄馬が答えた。

「一代抱えなの」

「いや、重代《じゅうだい》の家臣として召し抱えた」

確認してきた紅に聡四郎が述べた。

「重代の家臣の条件はなに」

「水城家が続く限り、子々孫々まで奉公してくれる者だな」

続けて問うた紅に聡四郎が応じた。

「子々孫々の意味はわかるわよね、玄馬さん。あなたの子供も孫も水城家に仕える」

「……はい。ですが、今は……」

「勝手に嫁を紹介するわよ」

まだ抵抗する大宮玄馬に紅が言い出した。

「…………」

「えっ」

聡四郎が天を仰ぎ、大宮玄馬が目を大きく開いた。

「主家が連れてきた嫁を、断れる」

「できんな。断ればまず追放になる」

念のためと顔を向けた紅に、聡四郎が首を横に振って見せた。

「ああ、言うまでもないと思うけど、そんなに嫌がっている袖じゃないから。どこかから適当に探してくるわ。心配しなくても大丈夫、父に頼めば、釣り合う歳頃の娘さんなぞ、百でも二百でも手配できるから」

紅が大宮玄馬に止めを刺した。

「…………」

「たしかに御師のことは心配よ。でも、姿を消したのは、御師のお考えでしょう。その理由がなくなったとき、御師はかならず帰ってこられる」

黙った大宮玄馬に、紅が告げた。

「あの御師が紬を捨てられるはずはないもの」

紅が胸を張った。

「師のことが心配ではないのか」

「心配よ。でもね、御師はあなたや玄馬さんのように馬鹿じゃないもの」

「師は賢いか」

「ううん、賢いとは言えないわねえ。賢ければ、姿を隠さないもの」

聡四郎の質問に、紅はなんともいえない顔をした。

「なんのために姿を隠したと思う」

紅が聡四郎を見あげた。

「それは藤川を追い詰めるためであろう」

「でしょう」

聡四郎と大宮玄馬がうなずき合った。

「それって、一人でするほうが楽なの。それとも皆で力を合わせてするほうがいいの」

「……あっ」

言われて聡四郎は気づいた。

「修行をなさるおつもりなのだ」

「なるほどっ」

聡四郎の言葉に大宮玄馬が手を打った。

「忍と戦って、さらに己の足りなさを悟る。さすがは師」

大宮玄馬が感心した。

「玄馬、我らも……」

「やっぱり、馬鹿だわ」

修行をやり直そうと大宮玄馬へ言いかけた聡四郎に、紅が手を腰に当てた姿であきれた。

「紅。いくらなんでも、そうそう馬鹿と言うのは」

「馬鹿は馬鹿と言われないと気がつかないの。馬鹿ほど己は賢いと思いこんでいるしね」

苦言を呈した聡四郎に紅が言った。

「あなたはまだ己が賢いと思ってないだけましよ」

「それは褒めているのか」

「褒めてるわけないでしょう。いい、あなたはもう剣術遣いではないのでしょう。水城家のご当主さま。つまりはお旗本。そうよね」

「……そうだ」

紅の発言は正しい。聡四郎は認めるしかなかった。

「お役目も決まっているんでしょう」

「ああ」

聡四郎が首を縦に振った。

「どうせ、あのお方のことだから、碌《ろく》でもない役目なんだろうけど」

吉宗のことを紅はよく知っている。盛大に息を吐きながら、紅が首を左右に振った。

「お役人というのは、修行できるほど暇なの」

「いいや。たぶん休む間も与えられまい」

首をかしげた紅に聡四郎は肩を落とした。

「それに……」

少し紅が言いよどんだ。

「どうした」

歯に衣着《きぬ》せないのが常の紅が、遠慮するなど珍しい。聡四郎が気にした。

「公方さまのことだから、きっとあなたが新しいお役目をしていると、あの腐れ忍と出会うようにとたくらんでいる気がするの」

「あり得る」

聡四郎の目に力が入った。

「あの腐れ外道《げどう》を見つけ出すのは、あなたの仕事。そして手痛い目に遭わせるのが、……」

「師の仕事か」

紅の後を聡四郎が補った。

「あの、わたくしは」

大宮玄馬がおずおずと口を出した。

「あなたは聡四郎さんのお手伝い」

紅が大宮玄馬に告げた。

「はっ」

大宮玄馬が喜んで首肯した。

「わかったなら、さっさと行きなさい。袖は気にしているのよ。紬を奪われたときのことと……背中に傷を負ったことを。袖のせいじゃないの。こっちがあいつらを甘く見ていただけ」

ちらと聡四郎を見て、紅が継いだ。

「聡四郎さんの留守を預かるあたしの責任。袖の身体に消えない傷を残したのも、あたし。だからこそ玄馬さん、お願い。袖の心の傷を治してあげて」

「奥方さま」

大宮玄馬が泣きそうな顔をした。

「行って。でないと、あたしが聡四郎さんに甘えられないから」

紅が袖で顔を隠した。

「頑張れ、玄馬」

主ではなく、剣術道場の兄弟子として、聡四郎は玄馬を励ました。

「はい」

大宮玄馬が小走りに駆けていった。

「大丈夫なのか」

聡四郎は紅の復調が空元気ではないかと危惧した。

「完全に大丈夫ではないけどね。紬は無事、あたしも生きてる。そして聡四郎さんが、隣にいる。これ以上は贅沢よ」

紅がほほえんだ。

「贅沢……か。たしかにな」

聡四郎も頬を緩めた。

「一応出かけてくる」

「道場へ」

「ああ。師が道場を閉じられたとはいえ、あそこは思い出深いところよ。師がお戻りになられたとき、朽ち果てていては叱られる」

尋ねた紅に、聡四郎は懐かしそうに話した。

「なにより、あそこは吾の故郷のようなものだ。師のもとで剣術を学んだお陰で、勘定吟味役に引き立てられ、そなたとも知り合えた」

「死にそうな目に遭ったけどね」

紅も同意した。

「まだ楽にはしてもらえそうもない。すまぬの」

「そんなもの、初めて会ったときに覚悟したわ」

夫婦二人がようやく笑い合えた。

四

志方は御広敷伊賀者を振り切ったと確信できるまで、足を緩めることなく東海道を上った。

今まで縄張りとして支配してきた江戸は、すでに敵地になっている。御広敷伊賀者の探索もそうだが、町奉行所、火付盗賊改方、寺社奉行も吉宗の厳命を受けて、決死の捜索をしている。もちろん、そのあたりの同心や御用聞きに捕まるようなへまはしない自信はあるが、それでも万一はあり得る。

追いかけてきた八頭を奇手を使って振り切ったとはいえ、目立ってしまっている。いかに目潰しをかけたところで、伊賀者の記憶は固い。まちがいなく人相書《にんそうがき》どころか、似面絵《にづらえ》も作られているはずであった。

「あきらめるしかないか」

隠し金というのは、すぐに見つかってしまっては意味がないため、ちょっとややこしいところに隠したり、仕掛けを作動させなければ取り出せないようになっている。わずかといえば、わずかな手間であるが、そのために費やしたときが致命傷となることは多い。

「後日、あらためて取りに来ればいい。いや、ふたたび江戸に戻ったときの費《つい》えにできる」

捨てるわけではないと、志方は隠し金をあきらめた。

旅籠に荷を置きっぱなしにもしている。かろうじて財布だけは懐に入っているが、着替えであるとか、身形を変えてごまかすための衣装、刀などの小道具もない。

「箱根の関所が問題か」

志方が苦い顔をした。

箱根の関所は東海道を往来する旅人にとって、最大の難所であった。

胸突《むなつ》き八丁、鞍替《くらが》えなどと怖れられる峠道と幕府が管理する関所が、旅人の足を止める。

「手形もない」

関所をこえて往来する場合、旅人は手形を用意しなければならなかった。手形には生国《しょうごく》、名前、職業、身体的な特徴などが記されており、それを関所番に提出して検めを受けなければ通れなかった。

もちろん、抜け道はいくつもある。

まず武士は、名乗りの他、どこの藩士であるかとか、なんのための関所ごえかを申告すれば、手形なしで通過できた。すべてではないが、神官、僧侶も武士に準じた扱いを受けられる場合が多い。

つぎに鳥追い女、大道芸人などの河原者と呼ばれる連中は、関所番の前で己の芸を見せればよかった。三味線を弾くよりも寝床の技が得意ですといった鳥追い女などは、片膝立てなど崩れた姿を見せ、乳や股の奥を見せればよしとされる。

そして最後が近隣に住まう者であった。たとえば、三島《みしま》に住みながら箱根の湯治宿で働いている者とか、関所を挟んだところに家と田畑を持っている百姓とか、あるいは患者を診にいく医者や産婆である。

これらは生活のために関所をこえなければならないため、手形をいちいち用意するわけにはいかないのだ。

「関所破りはまずいな」

どこの関所でも無断でこえようとする者への警戒は厳しい。見つかれば、どのような理由があろうとも、関所破りは磔獄門《はりつけごくもん》と決まっている。

「捕まるような間抜けはせぬが……騒ぎはまずい」

伊賀者が関所番や、関所に雇われている猟師に負けるはずはないが、それでも騒ぎにはなる。当たり前だが、伊賀者は関所破りを見つかるような下手は打たない。

しかし、猟師の鼻には勝てなかった。自分の庭のような箱根の山中に猟師は精通している。下草が潰れている、細い枝が折れている、湿った大地に草鞋の跡がある。

こういった異常を猟師は決して見逃さない。

「関所破りだ」

すぐに猟師は関所に報告、捜索の者が出る。すでに志方は遠く離れているため、探したところで捕まえられるはずもないが、それでも関所破りがあったという事実は江戸へ報告される。

「それだな」

聞いた御広敷伊賀者は、すぐに思いあたる。

「西へ逃げたか」

さらに聡四郎のもとにいる伊賀の郷忍の隠居、山路兵弥と播磨麻兵衛は、すぐに伊賀の郷へ連絡《つなぎ》を飛ばす。

伊賀の郷の頭百地丹波介《ももちたんばのすけ》は、吉宗に従うと決めている。

そうなれば、東から御広敷伊賀者、西から伊賀の郷忍が志方を追いかけてくることになる。

「しくじったな」

武士に化けるには、髷《まげ》の形、着物も変えなければならない。なにより大小が要る。

僧侶、神官になりすますにも墨衣《すみごろも》か白衣《びゃくえ》がなければ無理である。

「大道芸人に化けるにも道具立てがない」

笛や太鼓がなくとも、宙返りや早駆けを見せるだけでいいのだが、それには相応の恰好がある。とても今着ているちょっとした商人の形《なり》では、不釣り合いであった。

「どこかで調達せねばならぬが……」

なければ手に入れればすむ。

志方は目立たぬように街道を進みながら、ちょうどよい獲物を探した。

「武士が一番楽なのだが……どこぞの藩士なれば、期日までに姿を見せねば、藩から探索の手が出る」

旅に出た藩士が予定を過ぎても現れないというのは、欠け落ちという罪になる。欠け落ちは、どのような理由があろうとも主家を見限ったと見なされ、謀叛《むほん》に次ぐ重罪として扱われる。なにせ、武士の根本である忠義に反している。

「その辺の寺で坊主から袈裟《けさ》を奪っても同じだ」

人々が菩提寺に括られているように、寺は在所《ざいしょ》に縛られている。そこの住職が行方不明になれば、本山へ村や宿場から強硬な抗議が行く。

武士も僧侶も、いなくなれば騒ぎになった。

「大小は奪えても、浪人では着ているものがなあ」

浪人が一人や二人消えたところで、誰も気にしない。それこそ志方が狙いやすい相手ではあるが、浪人の身に着けているものは、垢《あか》じみた着流しと決まっている。

とても武士のように熨斗《のし》の当たった羽織や袴とはいかない。そして浪人は武士ではないので、手形がなければ関所をこえることはできなかった。

「そうなれば芸人しかなくなるが……そうそうおらぬな」

芸人もいつどこに行くかわからないだけに、いなくなってもまず気づかれない。

ただ、芸人も稼げるところでないと近づかない。どこの宿場で、村で、祭りがあるとわかればやってくるが、なにもなしに街道を進むような無駄はしなかった。

「鳥追い女は駄目だ」

独特の編み笠を被り、着流し姿で三味線を弾き、門付《かどづ》けをする鳥追い女は身体も売る。関所の番人も鳥追い女がそういうものだとわかっているだけに、おとなしく三味線を弾いて歌っただけで通すことはまれである。

「怪しい奴め」

難癖を付けて、裸にひんむくくらいはやってのける。

不思議なことに、これは咎められない。

「大名家の姫や奥方、身分ある者が身をやつして関所を抜けようとして鳥追い女に扮しているのではないか」

高貴な女なら、他人の前で裸になんぞなれない。なれるならば鳥追い女、駄目ならば偽者と判断できるからであった。

「さすがに裸にはなれん」

どれほど化けるのがうまくても、衣服があればこそであった。

「軽業師《かるわざし》がありがたい。あるいは願人坊主《がんにんぼうず》か」

どちらも男の芸人である。軽業師は、跳《と》んだり跳《は》ねたりするのを見せておひねりをもらう者で、願人坊主は寺に籍を置かず自家製の祈願札を売り歩いたり加持祈禱《かじきとう》をする者で、坊主とはいえ頭を丸めておらず、総髪《そうはつ》のままの場合がほとんどであった。

「くそっ」

獲物を探さなければならなくなった志方が腹立たしげに舌打ちをした。

藤川義右衛門とその一党は、新居《あらい》関所をこえた。

東海道で箱根に次ぐ厳重な関所であるが、武士の恰好をしていればなんなく通り抜けられる。地震で途切れた東海道の西にあるため、船で渡らなければならないが、別段どうという場所ではなかった。

「これで名古屋《なごや》まで遮るものはなし」

新居宿を出て、白須賀《しらすか》の宿へ向かいながら藤川義右衛門が言った。

「あと二日というところでござろうか」

「であるな」

「名古屋ではどこに逗留《とうりゅう》するおつもりでござる」

配下たちも緊張をわずかに緩めて話を始めた。

「とりあえずは宿だな。とはいえ、いつまでも宿暮らしはできぬ」

旅籠は二食付いているし、風呂にも入れる。その代わり一日三百文はかかる。六人だと一千八百文、五日で一両と二分《ぶ》になる。そこに昼飯や着替えの衣類などの費えを加えると、一カ月で十両ではすまなくなる。

なにより、尾張徳川家の藩士でもない武家が城下の旅籠で長逗留するなど、目立ってしかたがない。だからといって商人に身をやつしても、長逗留はおかしい。商人は儲けを追求する者である。旅籠で金を浪費してまで取引をするなどまずない。遠方との取引だと、あるていどまでは手紙の遣り取りで調整をし、あとは担当者が顔を合わせて細部を詰めるだけになってから現地入りするのが当たり前のやりかたである。現地で延々と駆け引きをするなど、金とときの無駄でしかないのだ。

「では、どうするのだ」

郷忍から加わった若い抜忍が訊いた。

「…………」

ちらと藤川義右衛門が眉間に皺《しわ》を寄せ、すぐに消した。

江戸を逃げ出してから、配下の者たちの態度が大きくなってきていた。

「どこぞの目立たぬ民家を乗っ取る」

藤川義右衛門が答えた。

「ふむ。江戸でも散々やったな」

若い郷忍がうなずいた。

無住の荒れ寺を探すのはたやすいが、そこに得体の知れない男が出入りするようになると、たちまち町奉行所へ通報される。

先日までの藤川義右衛門のように、僧侶が新たに赴任《ふにん》してきたという形を取れば、近隣には顔を知られるが御上へ訴えられることはなくなる。普通の民家も同じである。乗っ取った後、町人姿で越してきたと挨拶をすれば、それで近隣は納得する。

不意に住人がいなくなることは珍しい話ではないのだ。

「前のお人はどうされました」

「聞いた話ですけどな、なんでも、ややこしいところに借金があったそうで」

「そんな風には見えませんでしたけどなあ」

「人というのは、なかなかわからないものですよ」

夜逃げしたらしいと告げれば、それで近隣は納得してしまう。

「かなりまずいところから借りていたようで、この辺を探し回っているとも聞きました。実際、うちにも来ましたから。家の隅々まで見せて、いないことを確かめてもらって、なんとか出ていってもらいましたけど……生きた心地がしませんでした」

「災難でしたなあ」

そう言って少し震えてみせれば、日頃どれだけ親しい付き合いがあったとしても、かかわりたくなくなる。

前の住人の痕跡を消せば、後は普通に顔を合わせれば挨拶するていどで、怪しまれることなく生活できる。

女がいないと不自然だと思えば、誰かを放下《ほうか》させればいい。

忍は敵地に入りこむため、いろいろな生業《なりわい》や立場の者に化けた。これを放下といい、そのなかには商売人も含まれている。

放下するには、その職種などに精通していなければならず、伊賀者は皆、いつでも商人としてやっていけるだけの素養を身につけていた。

「名古屋の縄張りを奪わないのか」

江戸での生活が忘れられないのか、若い郷忍が藤川義右衛門に問うた。

「ここでは潜むだけにする。目立ってはならぬ」

「なぜだ。江戸では散々やってきただろう」

おとなしくしていると言った藤川義右衛門に若い郷忍が不満を見せた。

「江戸は我らが支配すべき土地だったからだ」

「名古屋もそうすればいいだろう」

藤川義右衛門の答えに、若い郷忍が食いついた。

「馬鹿を言うな。我らはここで再起を図り、江戸へ行き、吉宗へ報いの刃を突き立てるための準備をする。いわば、ここが新たな我らの郷になる。その郷を荒らしてどうする。足下に敵を抱えて、将軍と戦えるか」

「将軍なんぞ、どうでもよかろうが。もう、勝てぬと身にしみたであろう」

強く言う藤川義右衛門に若い郷忍が反論した。

「江戸の縄張りのほとんどを手にし、これからというところで焦ったのは誰だ」

「むっ」

若い郷忍の指摘に藤川義右衛門がうなった。
まさに痛いところを突かれた。
たしかに藤川義右衛門は、京の顔役木屋町《きやまち》の利助《りすけ》が江戸の縄張りを欲していると
いうのを利用し、あるていど勢力を得たところで、利助を殺し、すべてを奪った。
江戸の縄張りの半分以上を制圧、金も人も集めるめどが立った。あとはゆっくり
と残りの縄張りを奪い、力を蓄えてから吉宗に戦いを挑む。実際に戦うのではなく、
江戸の闇を利用して、表を揺るがす。
足下が不安定な状態で、天下の改革などできようはずもない。吉宗の改革を潰す
ことで、己を御広敷伊賀者組頭の地位から放逐した復讐とする。
その後は、吉宗の命を狙うなり、聡四郎を殺すなり、さほどの難事ではなくなる。
少しばかり迂遠《うえん》な復讐方法ではあったが、堅実であった。
それを藤川義右衛門が崩した。
「水城が遠国の任に出た」
報せが藤川義右衛門を狂わせた。
「水城とその従者がおらぬならば、守りはあの剣術爺《じじい》と袖だけだ。吉宗が吾が孫
だと言った赤子を掠ってやれば、さぞや悔しがることだろう」

藤川義右衛門は忍の本分である我慢を忘れた。

結果、一度は紬を奪取することに成功したが、居場所を突きとめられて、江戸から逃げ出す羽目になった。

「伊賀の恨みを捨てろと言うか」

藤川義右衛門が若い郷忍に掟を盾に詰め寄った。

「伊賀の恨みだと。もう我らは伊賀者ではないわ。我らは伊賀を捨て、無頼となった。違うのか」

「違う。無頼に身をやつしたのは、恨みを晴らすための方便でしかない」

迫る若い郷忍に藤川義右衛門が言い張った。

「方便……ならば、その方便を潰したのはなぜだ」

「……………」

糾弾に藤川義右衛門が黙った。

「そのお陰で何人死んだ。どれだけの金を失った。我らの夢、家を構え、妻を娶り、子をなし、譲っていく。次代があるとの保証はどうしてくれる」

「黙れ、黙れ。すべては恨みを晴らすための犠牲じゃ。無駄ではない」

藤川義右衛門が怒鳴った。

「犠牲にされるほうはたまらぬ」

若い郷忍の声が低くなった。

「……なんだ」

目の前に手のひらを差し出された藤川義右衛門が驚いた。

「金をよこせ。人数割りでいい」

「どういう意味だ」

「抜けると言っている。今までの苦労に比べれば一桁《ひとけた》以上少ない金だが、それでもないよりまし」

確かめた藤川義右衛門に若い郷忍が応じた。

「…………」

藤川義右衛門が血走った目で若い郷忍を睨みつけた。

「おとなしく渡したほうがいいぞ。吾を殺そうなどと考えるなよ。それこそ、崩壊するぞ」

若い郷忍が藤川義右衛門を脅した。

江戸から逃げ出すことになった段階で、藤川義右衛門の統率力は地に墜《お》ちている。

そもそも伊賀の郷忍の恨みは仲間を討った聡四郎に向けられている。吉宗は復讐の対象ではないのだ。

「……わかった」

藤川義右衛門が背嚢《はいのう》をおろし、なかから金を出した。

「これでいいな」

「……二十、二十一、二十二……ああ」

数えた若い郷忍がうなずいた。

「ではな」

「わかっているだろうな。今度、その顔を見たら殺す」

背を向けた若い郷忍に、藤川義右衛門が殺気を浴びせた。

「吾の心配をする前に、己の背中を気にすることだ。もう、おまえは我らの従う頭ではなくなっている。寝られる日はすでにない」

平然と若い郷忍が返した。

「なにっ……」

思わず藤川義右衛門が、他の抜忍に目をやった。

「頭……」

鞘蔵が嘆息した。

ここは絶対に残った者を疑ってはいけないところである。疑われていると知った連中が、やられる前にやれとなるかもしれない。

「……くっ」

腹心の態度で藤川義右衛門も気づいたが、すでに遅かった。

「頭、金を分けていただきたい」

真剣な眼差しで鞘蔵が、藤川義右衛門に要求した。

「……わかった」

目で合図した鞘蔵に藤川義右衛門が気づいた。

「二十二両ずつだ」

藤川義右衛門が残った四人の配下に金を渡した。

「目的地は名古屋の城下、御器所《ごきそ》にある旅籠伊勢《いせ》屋だ。ばらけたときは、そこで集合する。そのときの名乗りは、岡山《おかやま》藩池田《いけだ》家の安川《やすかわ》とする」

かつて藤川義右衛門がまだ家督を継ぐ前、代々の決まりで伊賀の郷へ修行に出されたとき、いつか名古屋にも隠密御用で来ることもあるだろうと、見て回ったことで知った情報であった。

「御器所の伊勢屋でござるな」

壮年より老年寄りの元御広敷伊賀者が繰り返した。

「うむ。早く着いた者は、その連れであるとして五人分の部屋を取っておいてくれ」

藤川義右衛門が首肯しながら、続けた。

「あと、尾張にある伊賀の宿大須《おおす》の楽屋《らく》には近づくな」

「何商売でござる」

元御広敷伊賀者が問うた。

幕府の隠密を担ってきた伊賀組は、各地に拠点を設けていた。先祖代々、商いをしつつ江戸からの指示でやってきた御広敷伊賀者を匿《かくま》ったり、調べあげた情報を渡したりする。そこにあって当たり前な状態になることから草《くさ》とも呼ばれていた。

「菓子を商う店だ」

藤川義右衛門が答えた。

「大須といえば、観音さまのあるところよな」

郷忍であった抜忍が口を開いた。

「人通りが多かろうゆえ、まず見つかるまいが……」

「止めておけ。宿の者は目を鍛える。我らが気づいていない癖があるかもしれぬ。

忍が宿に連絡《つなぎ》もなしに城下に来ているとわかれば、すぐに我らと結びつけるぞ」

藤川義右衛門が御広敷伊賀者を抜けてかなりになる。それこそどこの宿にも報せは届いている。

「おう」

「承知」

配下たちが首を上下させた。

「ここで一度解散する」

藤川義右衛門が別行動を取ると言い出した。

「少し遅れてもかまわぬぞ。二十二両を倍にしてもな」

抜けた若い郷忍を逃すなと暗に言った藤川義右衛門が口の端を吊り上げた。

第四章　新たなる敵

一

苦虫《にがむし》を噛みつぶしたようなという顔をすべき状況にもかかわらず、吉宗は笑いを浮かべていた。

「惣目付の新設を仰せになられたと伺いましてございまする。つきましては、その権能などについてお話をいただきたく」

老中久世大和守重之《くぜやまとのかみしげゆき》が、吉宗へ問いかけた。

「山城守に話したぞ」

聡四郎が謁見するときに立ち会った老中戸田山城守に告げてあると吉宗が応じた。

「あれはお目通りの場でのものでございまする。お役目を増やすとあれば、正式にその旨《むね》の手続きをいたさねばなりませぬ」

久世大和守が首を左右に振った。

「ほう、正式な手続きとな。どのようにするのじゃ」

笑いを浮かべたままで吉宗が問うた。

「まず、どのような目的でそのお役目を作られるかという趣旨をお聞かせいただき、それを御用部屋で吟味《ぎんみ》いたし……」

「待て、大和」

話しかけた久世大和守を吉宗が制した。

「なにかございましたか」

久世大和守が怪訝な顔をした。

「そなた今、吟味をと申したな。吟味の意味を理解しての言葉か」

吉宗の顔から笑いが消えた。

「えっ」

久世大和守が何を言われたかわからないといった顔をした。

「吟味とは、よく調べ、それが正しいかどうかを判断することぞ。そなた、躬の申すことが正しいかどうかを確かめると申すのだな」

「あっ、いえ、そのような」

気づかされた久世大和守が蒼白になった。

「さすがは七代将軍家継公がころからの老中じゃの。家継公のご意向も吟味し続けてきたのだろう。いやいや、その識見《しきけん》には敬服するの。間部越前守がしでかしたこと、新井白石の妄言《もうげん》も、そなたたちは吟味したうえで認めたと」

「……………」

揶揄《やゆ》された久世大和守が黙った。

「のう、大和。そなたはなんだ」

吉宗が優しい声で訊いた。

「……………」

久世大和守が戸惑った。

「……老中でございまする」

返答を待つ吉宗に、久世大和守が言った。

「そなたはなんだ」

同じ問いを吉宗が繰り返した。

「ですから……老中だと」

「大和守、そなたを老中から外す」

「な、なにを仰せに」

不意に罷免を告げられた久世大和守が驚愕した。

「そなたはなんだ」

三度、吉宗が問うた。

「…………」

老中だという答えはもう口にできなかった。

「大名でございまする」

「はああ」

盛大に吉宗がため息を吐いた。

「申しわけございませぬ」

吉宗の望んだ答えではないとわかった久世大和守が慌てて、謝罪した。

「大名はなんだ」

「将軍の家臣でございまする」

「そうじゃ」

ようやく満足のいく答えが聞けたとばかりに吉宗がうなずいた。

「老中とは役目であり、そなたのことではない。そなたは躬の家臣である」

「はっ」

吉宗に聞かされた久世大和守が姿勢をただした。

「その家臣が、躬の命を吟味すると」

「……いえ」

ここまで言われて気づかないようでは、さすがに老中まで出世できるはずもない。

久世大和守が折れた。

「惣目付は作る。それでよいな」

「結構でございまする」

釘を刺した吉宗に、久世大和守が頭を垂れた。

「ですが、どのような権能を与えるかだけは、お教えいただきたく」

久世大和守が求めた。

「それも山城守に申したぞ。惣目付はその名前の通り、すべてを監察する」

「大目付では務まりませぬか」

今の大目付は当初、惣目付という名前であった。将軍家剣術手直し役柳生《やぎゅう》家の初代但馬守宗矩《たじまのかみむねのり》らが惣目付となり、九州の加藤《かとう》を始め多くの大名を改易《かいえき》に追いこんだ。

「大目付の役目はなんだ。大名の監察だけであろう。それでは足りぬゆえ惣目付を新設したのだ」

吉宗が首を横に振った。

「すべてを監察する……」

「そうよ。惣目付はそなたたちも監察する。大奥もじゃ」

驚いている久世大和守に吉宗が付け足した。

「御用部屋に他職が足を踏み入れるなど、前例がございませぬ」

久世大和守が抵抗した。

「他はよいのか」

「御用部屋は密をもってよしといたしまする」

大奥や目付部屋は問題ないのだなと念を押した吉宗に、久世大和守が答えではない言葉で返した。

「はっきりいたせ。御用部屋以外はよいのだな」

「…………」

久世大和守が口をつぐんだ。

諾《だく》と言えば、大奥や目付部屋からの反発を久世大和守が受けることになる。

「よい、下がれ」

あきれた顔で吉宗が手を振った。

「では、ご無礼をいたしまする」

久世大和守が手を突いた。

「遠江守」

まだ久世大和守がいるにもかかわらず、吉宗が加納遠江守に声をかけた。

「承知いたしましてございまする」

また、用件を聞かず、加納遠江守が立ちあがった。

「…………」

どう考えてもおかしな状況に久世大和守が戸惑った。

御側御用取次という重職ではあるが、それでも老中から見れば下僚《かりよう》になる。将軍の寵臣が任じられるとはいえ、老中への気配りは必須である。その加納遠江守が、まだ久世大和守が頭をさげている最中に出ていこうとするなど、格を考えない非礼な行動になる。

もちろん、なになにをして参れという将軍の指図があったのならば問題にはならないが、今回は呼ばれただけで、なにも命じられてはいないのだ。

「遠江守」

久世大和守が気にした。

御休息の間を出かかったところで加納遠江守が足を止めた。

「どこへ行きなにをすればいいのか、そなたはわかっておるのか」

久世大和守が用件を踏まえての行動だろうなと確認をした。

「もちろんでございまする。久世大和守さまが老中を罷免されたと御用部屋へ伝えて参れとの御諚《ごじょう》でございまする」

「なにをっ」

平然と告げた加納遠江守に、久世大和守が絶句した。

「公方さま」

久世大和守が色を失った顔を吉宗に向けた。

「躬は、そなたを解任したであろう。再任を命じてはおらぬわ」

冷たい目で吉宗が述べた。

「あれは、話の……」

「将軍が一度口に出したことを撤回するわけなかろう。そのようなまねをすれば、天下の政から信が失われるわ」

より血の気を失った久世大和守を吉宗が嘲笑した。

「それとも、そなたの罷免を御用部屋で吟味するか」

「………」

つい今、そのことで叱られたばかりである。久世大和守が泣きそうな顔で黙った。

「わかったか」

吉宗がじっと久世大和守を見つめた。

「老中と申したところで、躬の家臣でしかない。そなたたちは政としてすべきを考えて躬に進言する、あるいは下僚からあがってきた報告を吟味して、躬に伝えるか、もう一度やり直させるかを判断する。それが役目である」

一度そこで吉宗が切った。

「まちがえても将軍が命を云々《うんぬん》することではない」

「ですが、公方さまのお指図に……」

「誤りがあったときはどうするかと言いたいようじゃの」

抗弁しようとした久世大和守の先回りを吉宗がした。

「…………」

言いかけて、その失言に気づいたのか、久世大和守が沈黙した。

「それができるのならば、なぜ生類憐みの令は発せられたのかの。最初はまだいい。病の馬を捨てるなという穏当なものであったからな」

五代将軍綱吉の施政で最悪とされる生類憐みの令だが、その始まりは年老いた馬や、病になった馬の面倒を見ず、山とか川に捨てることを禁止した慈悲深いものであった。それがいつの間にか拡大解釈され、ついには犬は人よりも偉いだとか、頰に止まった蚊を叩き潰した罪で旗本が流罪《るざい》になるなど、始末の悪いものになっていった。

「穏当なものが悪化するのを老中どもは吟味せなんだのか」

「わかりませぬ。まだ、わたくしはそのとき執政ではございませんでしたので」

問われた久世大和守が首を横に振った。

「では、絵島《えじま》の一件はどうじゃ。そなたは老中であったろう」

大奥女中の絵島が七代将軍家継の生母月光院《げっこういん》の代参として大奥を出たあと、山村《やまむら》座で芝居を楽しみ、主演の役者と酒席を共にしたうえ、門限に間に合わないという失態を晒した。いかに将軍生母の側近とはいえ、絵島の行為は問題とされ、絵島の兄旗本白井平右衛門《しらいへいえもん》は死罪、本人は信濃高遠藩《しなのたかとお》へお預け、山村座は取り潰し、役者の生島《いくしま》は遠島《えんとう》となった。

まだ七代将軍家継が存命していたときのことだが、久世大和守は老中になっていた。

「代参を認めたのは、そなたたちよな」

大奥女中は終生奉公が決まりである。とくに将軍家の手がついた側室などは、親元の葬儀にさえ参列することが認められていない。そこでなにかのときには、お付きの女中を代参として増上寺や寛永寺などへ行かせる。

言うまでもないが、代参をさせるにはそれなりの警固や寺社への通知がいるため、大奥からその旨の許可を御用部屋へ求めなければならない。とはいったところで、これは形だけでよく、否認されることはまずない。

それどころか、代参願が出されたあとは、御用部屋の返事さえ待たず、代参はおこなわれる。

「それはならぬ」

老中が止めれば、さすがに代参は中止になる。

「公方さま、あの者は執政としていかがでございましょうか。どうも些細なことにこだわり続け、大所高所からものごとを見るだけの才がないように思えまする」

その代わり、大奥へ入った将軍にお気に入りの側室や上臈《じょうろう》、年寄《としより》が囁《ささや》くのだ。

「そなたに執政は務まらぬ」

結果、反対した老中が将軍から叱られることになる。

春日局が三代将軍家光の乳母であり、恩人であったことが大奥に巨大な権を与えてしまった。四代将軍家綱を傅育《ふいく》した老中阿部豊後守忠秋、補佐した老中松平伊豆守信綱も幼少期に春日局の手元で育てられたことで、大奥の権威が完成した。五代将軍綱吉のときは、生母桂昌院《けいしょういん》が、六代将軍家宣のときは正室近衛熙子《このえひろこ》が、七代将軍家継のときは生母月光院と、大奥にはときの将軍を抑えきれる者がいたのも増長させる要因となった。

将軍というたった一人の男を手にすることで、大奥は老中さえも制してきた。

しかし、八代将軍吉宗は違った。

吉宗の生母浄円院《じょうえんいん》は大人しい性質というのと湯殿《ゆどの》係だったという身分の低さが祟り、大奥女中たちが従わず、表に一切影響を及ぼさなかった。

また、正室真宮理子《さなのみやまさこ》女王は、吉宗がまだ将軍となる前に死去している。

嫡男家重《いえしげ》を産んだ側室などもいるが、吉宗に懇々《こんこん》と言い含められており、大奥の御輿《みこし》にはなろうともしない。

じつに三代将軍家光以来、初めて大奥を怖れない将軍の誕生であった。

「どうした。返答せぬか」

吉宗が久世大和守を急かした。

代参を許可するとき、本来ならば老中は、

「歴代将軍家御霊《みたま》、御台所さま御霊にご無礼なきようにいたし、道中はつつがなく、何方《いずかた》へも立ち寄ることなきようにいたせ」

形だけとはいえ、注意を与えなければならない。

「…………」

久世大和守が黙っているのは、注意を与えていなかったと認めると職務怠慢となり、与えたが絵島が気にしなかったとなると、つまり御用部屋の権威は大奥女中に無視されるていどでしかないとなってしまう。

どちらも久世大和守にとってはまずい。

怠慢を認めれば、このまま罷免されても文句は言えない。

権威の衰退を認めれば、御用部屋は不要だという理由を吉宗に与えてしまう。

どちらにしろ、久世大和守に未来はなくなる。どころか、子々孫々まで執政への道は断たれてしまう。

「畏れ入りましてございまする」

久世大和守は平伏するしかなかった。

「で、惣目付についての説明はまだ要るか」

「十二分にいただきましてございまする」

吉宗の差し出した手に、久世大和守はすがるしかなかった。

「うむ。言うまでもないが、今後御用部屋から惣目付についての問い合わせは」

「ございませぬ。わたくしが公方さまのお考えをとくと伝えまする」

目つきを鋭くした吉宗に、久世大和守が頭を垂れた。

「よろしかろう。下がれ」

「……公方さま」

手を振った吉宗に、久世大和守が泣きそうな顔を見せた。

「ああ、そうであったな。従来通り相務めよ」

「ありがたき仰せ」

老中の罷免を取り消した吉宗に、久世大和守が額を畳に押しつけた。

幕府伊賀組は四つに分かれている。

もっとも人数の多い御広敷伊賀者、大奥の警衛と隠密御用を承るためにある。

続いて山里郭伊賀者、これは江戸城に万一のことがあったときに、将軍を甲府城へ逃がすための抜け道を警固する。

次が小普請伊賀者、身軽な忍の体術を利用して、その名の通り江戸城の瓦の交換や壁土の剝《は》がれなど小さな普請を担う。

最後が明屋敷《あきやしき》伊賀者である。明屋敷伊賀者はその名の通り、幕臣や大名の空いている屋敷に無頼が入りこんだり、火事が起こったりしないように管理するのが役目であった。

「どうも変だな」

明屋敷伊賀者の淡田《あわた》が、同僚の清水《しみず》に話しかけた。

「なにがじゃ」

清水が巡回していた空き屋敷の閂《かんぬき》をかけながら、訊いた。

「空き屋敷に入りこんでいる者が減っておるような気がするのだ」

淡田が首をかしげた。

「……そう言われてみれば、そうか」

清水が少し考えて同意した。

空き屋敷は江戸中にいくつもある。大名や旗本が潰れるたびに空き屋敷は生まれる。それに比して、新規召し抱えや分家、別家は減っている。いや、まずないといえる。

空き屋敷は増える一方であった。

「とにかく、急ごうぞ。今日中に八軒は回っておかなければ、明日が辛くなる」

清水がまだ足を止めて思案しようとする淡田を促した。

明屋敷伊賀者は定員が十人から十三人、禄は十五俵三人扶持と少ない。

「まあ、待て。一日や二日、放っておいたところで空き屋敷はどうということはなかろう」

淡田が首を横に振った。

「人がいないことが、そんなに気になるか」

「なるだろう。我らの実入りにかかわるのだ」

清水が怪訝そうな顔をするのに、淡田が言い返した。

「落としものか。たしかに少ないな」

言われた清水が納得した。

空き屋敷には、無頼や盗賊が入りこむ。明屋敷伊賀者の巡回があるとはいえ、月に一度もない。なにより空き屋敷には、町奉行所の捕り方は入れないのだ。

一人二人ならばさほどのものはないが、数が増えるとどうしても生活するためのものが増える。夜具や着替え、鍋釜や庖丁などの日常生活用品から、なにかの形《かた》に取りあげただろう櫛や刀なども置かれる。

そこへ明屋敷伊賀者が来る。当たり前だが、明屋敷伊賀者には無断で入りこんでいる怪しげな連中を誅殺《ちゆうさつ》する権がある。

「逃げろっ」

無頼たちはそれこそ取るものもとりあえずといった体《てい》で逃げ出す。

そして残ったものは、明屋敷伊賀者のものとなる。

滅多にはないが、盗賊が盗んだ金の隠し場所にしていたりするときもある。

十五俵三人扶持なんぞという薄禄で明屋敷伊賀者が生きていけるのは、これらのお陰といっても過言ではなかった。

「無頼や盗賊が減っている……」

「そういえば、町奉行所や火付盗賊改方が躍起になって、賭場や岡場所を潰していると聞いたな」

清水が思いあたった。

「藤川のかかわりだな」

淡田が声を潜めた。

御広敷伊賀者と山里郭伊賀者だけの話であった藤川義右衛門の一件は、明屋敷伊賀者、小普請伊賀者にも拡がっていた。

それは藤川義右衛門の誘いの手が、明屋敷伊賀者や小普請伊賀者にまで伸びているとの証であった。

「騒動を起こして逃げ出したらしいな」

「ああ。それに、藤川に与《くみ》していた伊賀者の半分は死んだらしい」

「誘いに乗らずでよかったわ」

「うむ。乗っていたら、今ごろあの世か、家族を捨てて江戸を逃げ出していた」

清水と淡田が顔を見合わせた。

「町奉行所の厳戒は、藤川の残党をあぶりだすためだろう」

「一人見つかったというが……捕まえられなかったというではないか」

「八頭のことだろう。逆に手痛い目に遭わされたというの」

二人は次の空き屋敷へゆっくり歩き始めた。

伊賀者は身分上裃ではなく、羽織袴になる。ずっと新調できず、父から家督と一緒に譲りうけた羽織袴はくたびれはて、とても幕臣には見えず、浪人のようであった。

「なあ、ここだけの話をしてよいか」

淡田が歩きながら清水に言った。

「生まれたときからの付き合いじゃ。安心してくれ」

清水が秘密は守ると応じた。

「じつはな、一月《ひとつき》ほど前のことだが、偶然難波《なにわ》と出会ったのよ」

「難波……藤川に与したやつではないか。なぜ、それを黙っていた」

淡田の話に清水が驚いた。

「……怒るな。これ以上言わぬぞ」

「そうであったな。すまぬ」

すねた淡田に清水が詫びた。

「で」

清水が淡田を促した。

「……最初、難波とはわからなかった。声をかけられるまで、いや、かけられた後もわからなかった」

「難波であろう。あやつは跳《と》び跳《は》ねは得意であったが、放下の術はからっきしだったはずだ」

淡田の話に清水が困惑した。

「放下ではない。雰囲気がまったく変わっていた」

「雰囲気がどのように違っていた」

清水が興味を見せた。

「余裕だ。余裕が難波を変えた。難波が見せた紙入れのなかには小判が二十枚以上入っていた」

「二十両……」

盗賊の隠し金でも、よほどでなければそこまではいかない。思いもよらぬ大金に清水も驚愕した。

「それもだぞ、二十両はそのときの小遣い銭だというのだ」

「なっ……」

聞かされた清水が絶句した。

「今から吉原へ行くので、てきとうに摑んできただけで、今夜一夜で費やしても、明日にはそれ以上の金が入ってくると」

「馬鹿なことを」

「それが本当らしい。どうやら藤川は、賭場と岡場所を無頼たちから奪い取ったらしい」

「そのあがりか」

淡田の話に、清水が息を吞んだ。

「……清水、どうだろうか」

「なにがだ」

不意に声を低くした淡田に、清水が首をかしげた。

「その賭場と岡場所だが、藤川がいなくなった後、どうなっていると思う」

「…………」

清水が淡田の言葉に黙った。

「誰のものでもなくなっているのではないかと、吾は思うのだが」

「……それがどうした」

辺りをはばかるように清水が問うた。

「誰のものでもなければ、我らが拾ってもよいのではないかの」

「淡田……」

その発言に清水が立ち止まった。

「……淡田、なにを口にしているのか、わかっているか」

「わかっておる」

正気かと疑った清水に淡田がうなずいた。

「できるだろう。藤川がやってのけられたくらいだ」

「そこではないわ」

告げた淡田に清水が怒った。

「我らは御上の役人ぞ。徳川の家人《けにん》ぞ。天下の武士たちの手本とならねばならぬ御家人」

「飢えて死んでもか」

「…………」

「誇りや矜持で腹が膨《ふく》れるか」

「膨れぬが、今でも喰えているではないか」

淡田の言いぶんに清水が反論した。

「喰えているだけではないか。去年、おぬしの妹が嫁に行ったとき、用意はしてやれたか」

「それは……関係ないだろう」

少し清水が詰まった。

「着の身着のままで、嫁入り道具は鍋釜どころか使っていた己の膳一式だけだったと聞いたぞ」

「……放っておいてくれ」

追い打ちを喰らった清水が目をそらした。

「おぬしのところはまだいい。妹御の嫁ぎ先は、小普請伊賀者だったからな。喰うや喰わずはお互いさまだ。だが、御広敷伊賀者のところへ嫁いだ和久田《わくだ》の姉は、ずいぶんと肩身の狭い思いをしているという」

御広敷伊賀者と明屋敷伊賀者の禄には倍の差があった。御広敷伊賀者は三十俵二人扶持内外であり、十五俵三人扶持内外の明屋敷伊賀者より、裕福とは言えなくともましな生活ができた。

「余得も頼りにはできぬ」

無頼の侵入が前提だけに、落としものに期待するのは危なかった。

「だが、無頼の元締めをするわけにはいくまい」

清水の勢いが落ちた。

「お役目をおろそかにしなければ、問題なかろう。そうよな、非番の者がすれば、それは朝顔《あさがお》作りや、筆耕《ひっこう》と同じ」

淡田が強弁した。

朝顔作りは、八王子千人《はちおうじせんにん》同心の有名な内職であった。いろいろな種類の朝顔をかけあわせて、珍しい色や形の新種を生み出す。成功すれば百両ごえも夢ではないためか、八王子千人同心の多くが朝顔作りに励んでいる。

もともと幕府も俸禄《ほうろく》だけで下級の同心たちがやっていけるとは思っていない。食べていけるだけの禄を出していないとわかっている。

そのため内職を黙認していた。

八王子千人同心のように揃って同じような内職をしている連中もいるが、そのほとんどは個別であった。当番ではない非番の日に、居宅で写本を作ったり、髷を隠して人足のまねごとをしたり、己のできることで金を稼ぐ。

さすがに金貸しや戯作《げさく》などの目立つまねをすると咎めを受けるときもある。

とはいえ、一勤三休が基本なのだ。一日働けば三日休める。その間、物を作れば腕もあがる。それこそ下手な職人よりも腕の立つ者もいた。

「同じであろう。非番の日に縄張りを見て回り、あがりを受け取る。我らは賭場も岡場所もやっておらぬ」

まだあきれの残る清水に淡田が告げた。

「岡場所をやっていて捕まった者もいたぞ」

「内職だと言うか」

清水が苦い顔をした。

無役の御家人、いわゆる小普請には勤務がない。禄に応じて決められた小普請負担金を上納すれば、後は何もすることがない。また、小普請から抜けだすには、よほど大きな伝手《つて》があるか、上役全部を味方に付けるだけの金があるか、剣術、学問などで世に知られるほどになるかでもなければ、まず無理である。

ようは、小普請に希望はない。

となれば、小普請たちは怠惰になる。武も文も学ばず、ただその日その日を過ごすだけになる。

しかし、なかには小普請からの脱却をあきらめた代わりに、金を求める者も出てくる。

賭場の用心棒がいい例である。

「御用だ」

捕り方が踏みこんだとしても、

「小普請組の何の某である。町方風情が無礼であるぞ」

名乗りをあげられれば、それ以上町奉行所ではなにもできない。せいぜい、目付へこういったことがあったと通告するだけである。

「賭場に出入りしていたと聞いた」

「あの屋敷の用人が俳諧《はいかい》の同門でござって、話をしに寄っただけ」

「件《くだん》の寺院は、亡父と先代の住職が碁敵《ごがたき》でござって、その縁で今でもときどき訪れておりまして」

目付がやる気を出しても、言いわけはいくらでもできる。

なにより、賭場の銭函《ぜにばこ》を確保できる。

「それは拙者のものである」

堂々と賭場から銭函を持ち出せる。

もちろん、そのまま持ち逃げすれば、賭場の親分が黙ってはいない。それこそ討ち入られることになるが、無事に返せば十分な礼金をもらえる。

まあ、そのていどはましなほうであった。

「月のものだあ。来ただけありがてえじゃねえか。子ができていない証だろうが。文句を言わずに、客を取りやがれ」

悪知恵の働く者は、岡場所を経営した。

江戸で認められている遊廓《ゆうかく》は吉原しかないため、岡場所は私娼窟《ししょうくつ》として町奉行所の取り締まりを受ける。

「これらは吾が家の奉公人である。友人が参ったゆえ、歓待しておる」

どう考えても無理のある言いわけだが、町奉行所が御家人を捕まえるわけにはいかなかった。それを一度でも認めると前例になり、目付の領分が侵される。そして役人は自らの職分に手出しされることを極端に嫌う。

当たり前ながら、町奉行所は目付に届ける。

「目付の臨場である」

さすがに岡場所となると放置もできない。目付が当該の御家人を詰問しに出向く。だが、そのときにはもう金を持って逃げ出している。

家や身分から切り離された小普請御家人である。それらを捨てるのに躊躇《ちゅうちょ》はない。

だからといって逃がしてばかりでは、目付の面目にかかわる。独自の探索で、岡場所を経営する御家人を捕まえ、評定《ひょうじょう》にかけ、本人は切腹、家は改易《かいえき》とした。

そのことを清水は懸念していた。

「我らは見回るだけで、実際に賭場を仕切るわけでもないし、岡場所を営むわけでもない。ただ、ときどき顔を出すだけよ」

「そのていどのことで無頼どもが金を出すわけなかろう」

簡単に言う淡田に清水が嘆息した。

「なあに、我らが明屋敷伊賀者だと明かさなければいい。藤川の残党と思わせるように振る舞えばな」

「悪事はすべて藤川に押しつける……と」

「我らに肩身の狭い思いをさせたのだ。それくらいはよかろう。どうせ、藤川は江戸に戻ってこれぬのだ」

考え始めた清水に、淡田が嗤った。

二

尾張権中納言《ごんのちゅうなごん》徳川継友は、目の前に帳簿を積み上げさせ、自ら点検していた。

「……これはならぬ」

継友が、帳簿のある箇所を指さした。

「木曾川《きそがわ》の堤防の補修などどれだけの金がかかると思っておるのだ」

不機嫌な顔で継友は帳簿を放り投げた。

「お言葉ではございますが、木曾川はいつ溢れるかわからず、そのうえひとたび暴れれば、その流域を水で呑みこんでしまいまする。その損失は数万石をこえましょう」

勝手方《かってかた》の家老が再考を促した。

「数万石の被害か……で、いつ溢れると」

継友が家老に問うた。

「それは天候次第でございますれば……」

「いつ木曾川が氾濫《はんらん》するかわからぬと」

「はい」

「五十年先か、百年先かもしれぬと」

「今年かもしれませぬ」

継友の嘲笑に家老が抵抗を見せた。

「そなたは勝手方を預かっておったの」

「さようでございまする」

「ならば、我が尾張の状況をわかっておろう」

首肯した家老に、継友が言った。

尾張藩はおおよそ六十二万石という大封《たいほう》を与えられている。だが、その財政は厳しかった。

幕初から将軍継嗣《けいし》の問題で老中たちと争ったりしたことで幕府に睨まれ、とくに五代将軍綱吉からは嫌われた。表面上は将軍が近しい一門である尾張藩を訪れると いった形をとっての御成を強行、迎え入れる側の尾張藩は御殿の新築、豪華な調《ちょう》度《ど》の新調、当日の歓待の用意などで二十万両をこえる費用をかけざるを得なくなった。二十万両とは、六十二万石の尾張藩でもそうそう工面できるものではなく、そのほとんどを借財でまかなった。

家臣の俸禄などを引いた藩としての収入は一年で十万両に満たない尾張徳川家に二十万両の返済は重く、御成から二十年以上経っているが、まだ半分以上が残っている。

そこに不幸と慶事が重なった。

四代藩主吉通が変死、跡を継いだ嫡男の五郎太も急死。尾張藩は葬儀を二度した。そして葬儀の後には継承をしなければならない。五郎太への継承、そして継友への継承。尾張藩は二度の慶事を重ねなければならなくなった。

大名というのは見栄を張らなければならないものである。とくに御三家、それも筆頭の尾張ともなれば、弔事も慶事もはでにしなければならない。

どちらも御三家の格に応じたものになる。

葬儀だと菩提寺への供養料と墓地造成の費用、さらに寄進も要る。

相続だと幕府への届け出、親しい大名家への挨拶、新しい主君の趣味趣向に合わせた身の回りの道具の新調などの費えがかかる。

そして、葬儀、相続、その両方に老中を始め幕府役人への付け届けが必須なのだ。

「たしかに藩の財政は逼迫《ひっぱく》しておりまする。ですが、天災に備えるのは別物かと存じまする。万一に備えるのも政でございましょう」

「見事な見識じゃが、木曾川の改修にかかる費用、三万両とあるが、これだけの金が藩庫にあるのか」

「ございませぬ」

「なければできまい」

「金はございませぬが、金策はございまする」

「どこからか金でも湧くのか」

「いえ。領内の豪農から合力金《ごうりききん》を集めまする。また、普請の請負を商家にさせ、藩の負担を減らしまする」

家老が答えた。

「ほう。合力はよいな。借財と違い、返さなくてもよいからな」

「さようでございまする」

継友の発言に家老がうなずいた。

「で、合力の条件は。なにもなしで金を出す商人がおるのか」

「……それは」

問い詰められた家老が詰まった。

尾張藩六代当主となった継友は、三代藩主綱誠《つななり》の十一男として生まれた。二十二男十八女という子だくさんの十一番目の男子である。扱いも雑なのは当然であったが、運の悪いのは、長男から九男までが夭折《ようせつ》あるいは病弱で家督争いから脱落したことにあった。

お陰ですぐ上の十男吉通が跡継ぎとなったことで、継友はお控えさまとなってしまった。

お控えさまとは、兄に万一のことがあったとき家督を受け継ぐ役目として実家に留められる者である。いうまでもなく、兄に世継ぎができた段階で用済みとなるが、それまでの間、妻も娶れず屋敷の片隅でわずかな家臣に傅《かしず》かれて世捨て人のように過ごさなければならない。いや、御三家ほどになると兄に世継ぎができた後も、解放されることなく同じ生活を送らされる。これは、お控えさまに子ができると将来、御家騒動のもとになる可能性があるからであり、死ぬまで飼い殺しにされる。

お控えさまとはいえ、兄がいるかぎり不要であるため、許された手元金も少ない。それこそ、嗜好品《しこうひん》である煙草や酒にも不足するていどしか与えられないのだ。

その貧しい生活が長かったからか、継友は金への執着が強かった。

「なにもなく金を出すほど、尾張の百姓は甘いのか」

「…………」

家老が黙った。

「申せ」

冷たく継友が命じた。

「木曾川の改修で生まれた新田の割り当てと、十年の間その地の年貢を免除いたしまする」

　家老が小声で報告した。

「どのくらいの新田を予想している」

「最大で三万石、最低で一万石を」

「ふうむ。三万石ならば、三万両を二年、まあ一年目のできが悪いことを加味しても三年で完済できるな。ということは残り七年ぶんは利になる」

「…………」

　家老がうつむいた。

「七万両からの利を払うのか、三万両に。おとなしく領内の商人か、上方《かみがた》商人から三万両借りたほうが安くつくだろう」

「それでございますが……」

　家老が顔をあげた。

「金を貸してくれるところがございませぬ」

　思い切った顔で家老が告げた。

「当たり前であろう。当家の借財は十万両ではきかぬのだ。今、尾張に金を貸して、いつ返ってくる。それこそ百年先じゃわ」

継友があきれた。

「ですが、河川の……」

「黙れ」

まだ言い募ろうとした家老を継友が制した。

「木曾川をどうにかせねばならぬことくらい、余にもわかっておるわ。だが、ここで借財を重ねれば、まちがいなく尾張藩は潰れるぞ」

「殿……」

言い切った継友に、家老が悲壮な顔を見せた。

「まだ言うことがあるのか」

うんざりとしながら継友が発言を認めた。

「御上に御手元金《おてもときん》拝領をお願いしてもよろしゅうございましょうか」

「……そなた」

決死の表情で言った家老に、継友が低い声を出した。

「余に紀州へ頭をさげて、すがりつけと申すのか」

「……お腹立ちは重々承知の上でございまする。どうぞ、御上に五万両のご助力を願っていただきますよう、伏して願い奉《たてまつ》りまする」

家老が平伏した。

「ふん、どの面でそれを言うか」

継友が鼻を鳴らした。

「七代将軍家継どのがお世継ぎを決めるとなったとき、そなたたちはなんと言った。尾張は将軍位を狙わずと申して、なんの手配りもしてくれなかったの」

「それは初代義直さまのご遺訓で……」

家老が言いわけを始めた。

尾張家初代義直は、徳川家康の九男であった。その義直が寛永《かんえい》十一年（一六三四）に三代将軍家光が病に倒れたとき、江戸へ軍勢を率いて向かった。

「すわ、謀叛《むほん》か」

この行動に江戸が大慌てになったのも無理はなかった。このときまだ家光には跡継ぎがなく、万一のときは御三家から四代将軍を出さなければならない状況での軍事行動に、尾張が将軍の座を狙って示威《しい》に出たと取られたのも当然であった。

「騒動になっては困る」

義直の江戸下向《げこう》を知った老中首座松平伊豆守は、急ぎ品川《しながわ》で義直を待ち受け、その行動を掣肘《せいちゆう》した。

「公方さまに万一のおり、天下に争乱が起こらぬようにいたすため、将軍家に近い尾張が出張るのは当然である」

「公方さまに万一などない。尾張の謀叛でよろしいのだな」

松平伊豆守は、義直の振る舞いを謀叛とすると言った。

謀叛だけは、将軍の兄弟でも許されない。家光の弟忠長が謀叛のかどで切腹させられたのは記憶に新しいし、義直の兄で家康の六男忠輝《ただてる》が謀叛を疑われ、領知召し上げのうえ伊勢朝熊《あさま》に流罪となってもいる。

さすがの義直も謀叛の言葉にそれ以上何も言えず、兵を退いて名古屋へと戻った。

このとき、義直は謀叛の疑いを消すため、

「尾張は将軍を望まず」

と松平伊豆守に誓ったと言われていた。

ところが、継友はそんなことを教えられてはいなかった。なにせ生涯部屋住みで、朽ち果てていくとわかっていた継友の相手をするほど家老たちは暇ではなかった。

しかし、二代にわたって当主が急死。しかも英邁《えいまい》で、六代将軍家宣から家継が元服するまでの期間は吉通を七代将軍にと将来を嘱望《しよくぼう》された名君が、寵臣と側室によって毒殺されてしまうという異常事態は、尾張藩を混迷の渦へたたき落とした。

なんとか幼い五郎太に家督を継がせることはできたが、本来七歳に満たぬ者の相続は認めないという幕府の慣例を大幅に破る三歳での襲封《しゅうほう》は、巨額の金を使っての強行にならざるを得なかった。

だが、その五郎太も襲封からわずか二カ月ほどで病死してしまった。

尾張藩が茫然自失《ぼうぜんじしつ》に陥った。

四代藩主の毒殺を隠し、幼児に家督相続させる。藩をあげての努力が潰《つい》えた。とはいえ、このまま愕然としているわけにはいかない。

尾張には義直の傷がある。幕府から見れば、七代将軍となった家継を脅かす御三家筆頭が尾張なのだ。家継を擁《よう》して天下を思うがままにしている間部越前守、新井筑後守君美《ちくごのかみきんみ》号して白石からすれば、仇敵《きゅうてき》の筆頭である。

その尾張家に大きな隙ができた。

「世継ぎなしで潰すか」

間部越前守がそう考えても不思議ではなかった。

末期《まつご》養子の禁、すなわち跡継ぎなしは改易が幕府開闢《かいびゃく》以来の法度である。増えた浪人を糾合《きゅうごう》した由井正雪《ゆいしょうせつ》の乱の結果、大政参与保科肥後守正之《ほしなひごのかみまさゆき》の決断で、末期養子の禁は大きく緩められたが、それでも運用の問題でしかない。なにせ、徳川家康の四男忠吉《ただよし》でさえ、子供がいなかったことを理由に清洲《きよす》藩は改易、その後に義直が新たに藩を立てて今の尾張徳川家ができたという経緯がある。

「神君家康さまのご遺訓に倣《なら》い……」

幕府にとって神よりも偉大な徳川家康の名前を出されれば、老中でも反対はできなくなる。

「なんとしてでも……」

付け家老の成瀬《なるせ》、竹腰《たけのこし》を始め、家老たちが必死になった。

もし、尾張藩が潰れれば、全員が浪人になる。付け家老という初代義直の傅育《ふいく》を任されて尾張藩付きになった元譜代大名に至っては、切腹させられることにもなりかねない。

「尾張を頼む」

家康からそう頼まれた家柄が、尾張藩の没落以降も無事でいられるはずはなかった。

「決して、決して、尾張は将軍の地位を望みませぬ」

義直が口にした言葉を、尾張藩の執政連名で幕府に誓い、なんとか継友への家督相続は許された。

その誓いが八代将軍選定という戦いで尾張が負ける一因となった。

「殿を将軍に、そして我らも旗本に」

一部の藩士が御三家の臣という立場を旗本に格上げしたいと願い、継友を将軍にしようと画策したが、執政衆が後押しをしなければ、兵糧なしで戦場へ出向くようなものである。

「厄介者が、天下の将軍になるか」

しかも悪いことに継友も乗り気になってしまった。

だが、八代将軍の座を巡っての争いは、あっさりと紀州藩主徳川吉宗の勝利で終わった。

家中一丸となった紀州家と一部だけが気を入れた尾張家では、尾張家初代義直が紀州家初代頼宣よりも兄になるという長幼の序も助けにはならなかった。

「この余に吉宗へ頭をさげろと」

もう一度継友が家老に問うた。

「は、藩のため、領民のためでございまする」

家老が平伏したままで繰り返した。

「どの口がそれを申すか」

継友は険しい顔を崩さなかった。

「お腹立ちはごもっともと存じておりまする。お怒りは偏《ひとえ》にわたくしが承ります るので、なにとぞ」

「ほう、余の怒りを受けると」

「はい」

顔もあげずに家老が認めた。

「そうか、そうか。では、退身いたすと言うんだな」

家禄を返上して浪人になると継友が家老の言葉を認識した。

「えっ」

家老がみょうな声をあげた。

「ご苦労であった。余の望みを潰したことの責任を取って、一族を率いて退身するとはなかなかな覚悟である。そなたの願い、聞き届けた。ああ、引き継ぎは不要じゃ。そなたていどに務まるのだ、勝手方家老など誰にでもできる。さっさと屋敷を明け渡し、尾張から去るがよい。責任を取っての退身とはいえ、主からしてみれば臣の不毛なまねを咎めることができなくなるのだ。不快であるからな。そうよな、十日経って、まだ尾張におるようならば、覚悟いたせ」

「お、お待ちを」

厳しいことを宣した継友に、家老が慌てた。

「どうした」

「畏れながら、わたくしは退身するとは申しておりませぬ」

怪訝そうな顔をした継友に家老が述べた。

「なんじゃと」

「わたくしは家老を辞め、謹慎いたしまするると」

わざとらしく驚いた継友に、家老が言った。

「それで責任を取ったと。嗤わせてくれる。そうか、将軍の地位というのは、そのていどのものでしかなかったのだな」

「…………」

家老はなにも言えなかった。認めれば将軍を馬鹿にしたとして、誅殺《ちゅうさつ》の対象になる。

「己の言いぶんを認めることもできぬか。情けない」

継友がため息を吐いた。

「その面、もう見たくはない。下がれ。追って沙汰をするまで屋敷で身を慎んでおれ」

咎めると言われた家老が目を剝《む》いた。

「殿……」

「この場で言い渡されたいか」

「申しわけございませぬ」

ここで沙汰を言い渡されてしまえば、対応できなくなる。付け家老や一門大名による諫言、免罪の求めなど打つ手はあるが、主君の面目もある。家臣や一門から言われたので、罪一等を減ずるというのは、己の権威を傷つけることにもつながるため、なかなか難しい。

それよりもここはおとなしく引いて、沙汰が言い渡される前に執政たちに根回しをするほうが、まだ軽くできる。

家老はそそくさと逃げた。

「余の顔を潰すことしかせぬわ、あやつら」

継友が不満を露《あら》わにした。

「やはりあやつらのなかでは、余はいまだ部屋住みの厄介者なのだろう。偶然手に入れた幸運にはしゃぐ愚か者扱い」

継友が頬をゆがめた。

事実、五郎太が病死し、藩主の座が転がりこんできたと知った継友は、ずっと仕えてくれていた出世の見こみのなかった家臣たちと、酒を呑んで騒ぎ、喜びを露わにしている。

「先代さまがお亡くなりになられたのでござる。ご冥福を祈って身を慎んで当然、酒宴を開くなど論外」

付け家老の竹腰山城守正武《やましろのかみまさたけ》から、継友は不謹慎だと叱られていた。

「そろそろ辛抱を止めてもよかろう」

継友が独りごちた。

三

御用部屋では、吉宗に叱られた久世大和守重之と戸田山城守忠真が申しわけなさそうな顔をしていた。

「公方さまのお考えは変わらずか」

五代将軍綱吉のころから老中を務めている最古参の井上河内守正岑《いのうえかわちのかみまさみね》がため息を吐

いた。

「いたらなんだ」

説得役でありながら、脅されて逃げてきた久世大和守が頭を垂れた。

「いや、公方さまはお気持ちのお固いお方じゃ。貴殿のせいではない。あまり悔やまれるな」

井上河内守が、久世大和守を慰めた。

「……やむを得ぬかの」

吉宗によって老中に引き立てられた水野和泉守忠之《いずみのかみただゆき》がため息を吐いた。

「公方さまのなさることは、かなり無茶ではございましたが、理のないことはなさらなかった。ゆえに我らもお手伝いをして参ったのでござるが……」

水野和泉守が小さく首を横に振った。

「御用部屋へ執政以外の者が入る。それだけなら奥右筆の例もある」

老中以外は出入りできないとされている御用部屋ではあるが、そうではなかった。

老中の執務を補助する奥右筆、湯茶の用意や筆硯《ひっけん》の後片付け、掃除などの雑用をする御用部屋坊主は許可を得なければならないとはいえ、入ることができた。

言うまでもないが、御用部屋に入る、すなわち天下の秘事に触れるのだ。決して他言《たごん》はしないという誓詞《せいし》を書いて出す。もし、漏らせば、本人はもとより一族郎党《いちぞくろうとう》まで処罰されることになる。

それだけ御用部屋には密事が多い。いずれ老中になるべく、若年寄や大坂城代、京都所司代などをして学んでいる者でさえ、立ち入りを許されない。

「政などに触れたことさえない若造が……」

そこに千石そこそこの旗本が我が物顔で入りこんで、誰がなにをどのようにしているかを検《あらた》める。

水野和泉守が眉間にしわを寄せた。

「さすがにお戯《たわむ》れが過ぎよう」

「……だが、公方さまのご命でございますぞ」

久世大和守が水野和泉守に向かって首を横に振って見せた。

「なぜ、その場で止められなかった」

水野和泉守が戸田山城守に苦情を申し立てた。

「公方さまのご威光に畏れをなしてしまった」

戸田山城守が頭を垂れた。

吉宗を八代将軍に推戴《すいたい》したとき、御用部屋は一丸となって支えると誓詞を出した。

もちろん、形だけのつもりであった。

六代将軍家宣のころから老中は天下の政を差配していた。家宣が五代将軍綱吉の後始末に忙殺された隙を狙った策謀であった。

「将軍親政が、どれほどの混乱を天下にもたらすか、思い知らされた」

生類憐みの令を筆頭に綱吉は政を思うがままにしていた。その結果、幕府だけではなく天下も大きく傷ついた。

執政という大役を担っておきながら、政になんの影響も及ぼせない無力さは老中たちを一つにした。

六代将軍家宣、七代将軍家継、二代続いて将軍は天下の政に触れられなかった。将軍ではなく、老中が政を担う。それが当たり前になったところに吉宗が登場した。

「どうぞ、我らも従いまする」

尾張徳川家が継友を将軍にと推さなかったことで、唯一の候補となったのが紀州徳川家の当主吉宗であった。

もし、吉宗が拒めば、より一層ことはややこしくなる。

幕府としては、将軍不在はなんとしても避けなければならない。実質は幕府の力が勝っているとはいえ、将軍の任免の権は朝廷にある。

「いつまでも跡継ぎが決まらぬようであるならば、一度征夷大将軍を返上すべきではないかの」

朝廷からそう言ってこないとは限らない。

ようはさっさとしないと取りあげるではなく、そうなって欲しくないなら朝廷の待遇をよくしろという要求なのだ。

だからといってそれを認めてしまえば、将軍の代替わりごとに朝廷の待遇を改善すべきであるとの前例になる。

そして、その前例を作ったときの老中たちは、幕府が続く限り無能扱いを受けることになる。

老中たちはとにかく吉宗に将軍を引き受けさせるために、その指図に従うと誓ってしまった。

結果、松平侍従信庸《じじゅうのぶつね》、阿部豊後守正喬《まさたか》の二人が、吉宗の意図に合わずとして老中を辞任させられた。

まさに苛烈《かれつ》、吉宗を将軍だと老中たちが認めた瞬間でもあった。

「公方さまとはいえ、よろしくないことはよろしくないと諫言してこそ、執政衆、いや譜代であろう」

水野和泉守が不満を見せた。

「なれば、貴殿が諫言申しあげればよろしかろう」

久世大和守が苛立ちを見せた。

「…………」

言われた水野和泉守が黙った。

吉宗によって選ばれた老中が水野和泉守である。つまり、水野和泉守の後ろ盾は吉宗である。その吉宗に逆らう。それは己の庇護者《ひごしゃ》を捨てることになる。

「できぬのなれば、我らに当たるのは止めていただこう」

「…………」

戸田山城守に言われて水野和泉守がそっぽを向いた。

「では、これでよろしいな」

水野和泉守を抑えこんだ戸田山城守が一同の顔を見回した。

「公方さまのお考えのままでいくと」

「…………」

黙っていた井上河内守が確認を求めた。

「そうせざるをえまい」

久世大和守が沈黙し、戸田山城守が苦渋に満ちた顔をした。

「つごうの悪いものは、屋敷で処理するようにいたしてくれ」

戸田山城守が注意をした。

老中の執務時間は短い。これは長く老中が執務をしていては、下僚たちが帰りにくいだろうという気遣いから生まれたものであり、実際そのていどで終わるはずもなかった。

老中は皆、仕事を屋敷に持ち帰り、遅くまで処理を続けていた。

「では、よろしいな」

戸田山城守が最後に念を押し、話は終わった。

「…………」

無言のまま己の座に戻った水野和泉守が、書付を手にすることなく、じっと思案を続けていた。

こういったとき、老中の手助けをするために付けられている奥右筆は、なにか言うどころか気配をできるだけ消して、思索の邪魔をしないようにしなければならなかった。

「……お為にならぬ」

しばらくして水野和泉守が呟いた。

「なにか」

奥右筆が問うた。

「いや、なんでもない」

水野和泉守が手を振って否定した。

「本日の分はいかほどか」

「急がなければならぬものは、この二つでございまする。他は数日ていどなれば、問題なきかと存じまする」

奥右筆が答えた。

ただ命じられたとおりに書付を作成するのではなく、老中の執務を手助けするのが奥右筆の役目である。担当する老中のもとに届けられた書付にはすべて目を通し、どれから片付けていくべきか、可否の判断にはどのような資料が要りようかなどを手配できて、初めて奥右筆たり得る。

「うむ。では、その二件をまず処理いたそう」

水野和泉守が執務を再開した。

老中には御用部屋で執務をするほかに、輪番制で城中巡回という仕事があった。

城中巡回は正午ごろに始まる。

御用部屋を出た老中は、先触れ役の御用部屋坊主と担当の奥右筆を供として、土《と》圭《けい》の間、羽目《はめ》の間、山吹《やまぶき》の間、雁《かり》の間脇廊下、菊《きく》の間、芙蓉《ふよう》の間、表右筆部屋前廊下、中《なか》の間、土圭の間を巡り、御用部屋へ戻る。

これは政に意見がありながら、御用部屋へ近づけない大名、役人たちからの進言を促すためとされている。

しかし、実際はその場所場所で同朋衆《どうぼうしゆう》、大目付、留守居、町奉行、目付、大番頭、寺社奉行、高家《こうけ》などが老中を出迎え、挨拶をするため、身分の低い役人や無役の大名などは、近づくことさえできなくなっていた。

「では、廻りに出かけて参る」

土圭の間から報される九つ（正午ごろ）の合図を機に、水野和泉守が腰をあげた。

「ご苦労に存ずる」

残って執務を続ける井上河内守に見送られて、水野和泉守が御用部屋を出た。

「和泉守さま、お廻りでございまする。お控えなされよ」

先触れ役の御用部屋坊主が、小走りで報せて回る。

「…………」

すぐに土圭の間の襖が開いて、なかから当番の同朋頭、数寄屋頭《すきやがしら》が出て、廊下に平伏する。

「なにかあるか」

「ご威光をもちまして、静かでございまする」

水野和泉守の問いに、同朋頭が代表して答える。

「油断なきようにいたせ」

決まりきった遣り取りを水野和泉守がすませ、次へと進む。

「和泉守さま、そちらでは……」

先導役のお城坊主を無視して、水野和泉守が、芙蓉の間ではなく中の間へ向かった。

「なにかあるか」

「難事なく」

水野和泉守が順を変えているなどと知らない留守居が中の間を代表して答える。

「大目付、そなたは丹波守《たんばのかみ》であったの。なにもないか」

そこで水野和泉守が異例の言葉を発した。

「……っ」

大目付仙石《せんごく》丹波守久尚《ひさなお》が驚愕の顔で、水野和泉守を見あげた。

「………」

じっと水野和泉守が仙石丹波守を見下ろしていた。大目付は旗本の顕職である。ほぼあがりといえる大目付だが、留守居への出世を望む者もいる。仙石丹波守などもその野望を持つ一人で、要路への付け届けを欠かさない者として知られていた。

「いささか懸念を持ってはおりまする」

これで水野和泉守が密談を望んでいるとわからないようでは、旗本の顕職といわれる大目付まで出世することはできない。

すぐに仙石丹波守が応じた。

「やはりの。そなたの眼差しに感じるものがあった。今日の夕刻でも屋敷を訪ねて参れ」

「ははっ。お邪魔をいたしまする」

仙石丹波守が手を突いた。

「勘定奉行も遠慮はいたすな。なにかあれば余に申せ」

「お気遣いかたじけなく」

勘定奉行大久保《おおくぼ》下野守《しもつけのかみ》忠位《ただたか》も頭をさげた。

「うむ」

用はすんだと水野和泉守が歩き出した。

この後、水野和泉守は後回しにした芙蓉の間縁側で高家、芙蓉の間で寺社奉行にも声をかけ、廻りを終えた。

「では、お先に」

一度御用部屋へ戻りはしたが、座ることもなく水野和泉守は下城を告げた。

「お疲れでござった」

「明日でござる」

「…………」

見送りの言葉にも応じず、水野和泉守が御用部屋から去った。

「ふむ」

井上河内守が首をひねった。

「どうも気になる」

辺りに聞こえる声で井上河内守が懸念を見せた。

老中は御用部屋を屏風《びょうぶ》で仕切って、互いの目を避けている。屏風のなかでのことには、互いに口出しをしないのが決まりであるが、わざと聞こえるように出した声には応じるのが慣例であった。

「いかがなされたかの」

久世大和守が慣例に従って応じた。

「いや、これはすまぬ。独り言が聞こえてしまったようじゃ」

井上河内守が形だけの詫びを言う。

「お聞かせいただいても」

「お知恵を拝借させてもらおうぞ」

ここまでが形式である。

「御一同、お帰り前のひとときをちょうだいしたい」

井上河内守が残っていた老中を火鉢の前に集めた。

「さて、御一同。水野和泉守どののがこと、どのように見られる」

「和泉守どのの……」

「はて」

井上河内守の問いに、久世大和守と戸田山城守が曖昧《あいまい》な顔をした。

ここで己の意見を出してはまずい。周囲の流れに合わせることの重要さを、老中たちはよく知っていた。

「公方さまのお指図に納得をいたしておらぬように見える」

「和泉守どのは公方さまの代で老中に推挙されておる。その和泉守どのが公方さまのお言葉を聞かぬとは思えぬが」

久世大和守が井上河内守の不安を取り払うように言った。

「たしかにそうではあるが……和泉守どのは、公方さまの威儀をご存じではないであろう」

松平侍従、阿部豊後守罷免の後に執政となった水野和泉守は、吉宗の恐ろしさをわかっていないのではないかと井上河内守が懸念を表した。

「むうう、そう言われれば」

「たしかに」

久世大和守と戸田山城守が同意した。

「なにかしそうでな」

井上河内守が心配だと眉をひそめた。

「あれだけ話をして変わらぬとあれば、我らが意見したところで変わりませぬぞ」

「それどころか、より強硬になるやもしれませぬな」

久世大和守と戸田山城守が顔を見合わせた。

「そこでじゃ」

井上河内守が声を潜めた。

「我らはなにも知らなかったでいかがかの」

「御用部屋の総意ではない、和泉守どのの独断だと」

久世大和守が確認するように訊いた。

「どうかの、山城守どのよ」

「我らは公方さまの御諚に従うのが役目でござる」

「公方さまのお手助けをいたすことこそ、執政の本分《ほんぶん》」

同意を促した井上河内守に、戸田山城守と久世大和守がうなずいた。

「では、そのようにな」

井上河内守が念を押した。

第五章　再動する闇

一

老中になれば、城近くに上屋敷が移される。

家柄によって場所は変わるが、緊急のおりにすぐに登城できる場所になる。

水野和泉守も西丸《にしのまる》下に上屋敷を与えられていた。

「大目付仙石丹波守さまがお見えでございまする」

持ち帰った仕事をしていた水野和泉守に、用人が声をかけた。

「執務中じゃ。客間ではなく、ここへ通せ」

「はい」

老中になった主の多忙さは知っている。客を書院で迎えることはままある。用人が首肯した。

「……これはどうであるか」

用人がいなくなるなり執務を再開した水野和泉守が、補佐として連れて帰っている奥右筆に問うた。

「四代さまの御世に認められたとの記録がございました」

奥右筆は前例に詳しくなければ務まらない。

「で、どうなった」

認められたとなれば、それはかならずおこなわれる。そしておこなわれたものには、結果がある。

「特段のことはなかったようでございまする」

「ならば、認めてよいな」

水野和泉守が書付に名前と花押《かおう》を入れた。

政をする者にとって、前例は守るべきものであった。前例があれば、それを認めたことで損失が出ても、己の責任ではなくなる。

「なぜ認めたか」

咎められるのは、前例を作った者になるからであった。

「損もなければ得もない」

老中となって幕政を改革したいと思っている者ならば、政令一つ出すにしても精査をするが、名誉だけあればいいとか、老中になってもっといい領地へ移されたい、などと考えている連中にとって、仕事をした振りができ、失敗も成功もしない、すなわち批評の対象にならないものほどありがたかった。

「よろしゅうございましょうや」

襖の外から声がかかった。

「しばし待て」

訪《おとな》いの求めに待ったをかけ、水野和泉守が奥右筆を見た。

「今日はそこまででよい」

「はっ。では、これにて失礼をいたしまする」

水野和泉守が他人払《ひとばら》いを口にし、奥右筆が従った。

「……ご多用中に申しわけございませぬ」

呼び出されたにひとしい経緯での訪問であるが、形としては仙石丹波守のほうから願ってのものとなっている。

なにより幕府で最高権力者の老中相手なのだ。へりくだるようにして仙石丹波守が廊下で謝意を表した。

「いや、かまわぬ。大目付といえば、おろそかにしてはならぬお役目である。要望があれば、いつでも応じて当然である」

こちらから誘いをかけたなどという素振りは一切見せずに、水野和泉守が尊大に応じた。

「そこでは話が遠い。なかへ」

「では」

仙石丹波守が、敷居をこえた。

「もそっと近《ちこ》う寄れ」

襖際に腰をおろした仙石丹波守を、水野和泉守が手招きした。

「お言葉に甘えまする」

一礼して仙石丹波守が、水野和泉守まで一間《けん》（約一・八メートル）ほどのところまで膝行した。

「うむ」

そこでいいと水野和泉守がうなずいた。

「さて、用件を聞こう」

「…………」

言われた仙石丹波守が、困惑した。

そもそも用件などない。ただ、水野和泉守が廻りの最中に仙石丹波守へ話しかけたから来ただけである。

大目付は旗本の極官《ごくかん》ではあるが、閑職であった。

旗本というのは、戦時徳川家の尖兵《せんぺい》として命をかけるのが役目であり、役人として仕えるのは本分ではない。といったところで、泰平になれば戦場での活躍はなくなり、どうしても城中で役人として出世していかざるを得ない。

これが幕初、惣目付と呼ばれた大目付に辣腕《らつわん》を振るわせ、結果慶安《けいあん》の変を呼んだ。

「大名を潰さぬようにいたせ」

訴人《そにん》が出たことで由井正雪の計画は破綻《はたん》、被害少なくことは収まった。だが、江戸の町を火の海に変え、そのどさくさに紛れて城を襲い、将軍、老中らを皆殺しにしようとした計画は、幕府を揺るがした。その結果、大目付は大名監察でありながら、動くことを封じられた。

今の大目付は、長年役人として働いてきた三千石以上の寄合旗本の溜まりのようになっていた。

することのない大目付に、老中への献策などあろうはずもなかった。

「遠慮いたすな。公方さまの御諚に思うところがあるだろう。安心いたせ、ここには余とそなただけしかおらぬ」

水野和泉守が水を向けた。

「公方さまの御諚……」

少し考えた仙石丹波守が気づいた。

「惣目付再置のことでございまする」

すぐに仙石丹波守が、水野和泉守の真意を理解した。

「やはり気になるかの」

正解だと水野和泉守が笑いながらうなずいた。

「公方さまは、なぜ惣目付を再置なさいますのでしょうや」

「わからぬ」

水野和泉守が首を横に振った。

「また大名を厳しく取り締まられるおつもりなのでしょうか」

仙石丹波守が、首をかしげた。

「たしかに大名の数が増えてはおるな」

乱世ではないため、戦場での手柄はないが、数千石の旗本が出世を重ねて一万石ていどの大名になることはままある。

さらにときの将軍が気に入った家臣や側近を大名へ引きあげることも多い。三代将軍家光の腹心松平伊豆守信綱、五代将軍綱吉の寵臣柳沢《やなぎさわ》美濃守吉保《みののかみよしやす》、六代将軍家宣の側近間部越前守詮房などは皆、数百石ほどの小身《しょうしん》から取り立てられて、大名となっている。

他にも大名が分家を立てたり、新田開発で増えたぶんを使って別家を作ったりもしている。幕府創設のころよりも、確実に大名は多くなっていた。

「ですが、大名を潰せば浪人が溢れまする」

大目付が飾りになった原因である。仙石丹波守が、苦く頬をゆがめた。

「公方さまのご意図が読めぬと」

「さようでございまする」

確かめるような水野和泉守に仙石丹波守が首を縦に振った。

「直接お伺いいたしてはどうかの」

「わたくしがでございますか」

吉宗がきついことは幕府の役人ならば誰もが知っている。

ほんの一瞬だったが、仙石丹波守が嫌そうな表情を浮かべた。水野和泉守の道具として使い捨てにされてはたまらないと思ったのだ。

「大目付の総意といたせばよかろう。お役目にかかわることぞ。一人だけの考えではなく、皆の意見だとするほうが、通りもよかろう」

水野和泉守が助言をした。

「大目付一同でございますか。それは妙案」

仙石丹波守が、納得した。

「明日にでも他の者と話し合い、お目通りを願うがよい」

大目付は三人いる。合議という形をとるべきだと水野和泉守が告げた。

「ご来客の最中に失礼をいたしまする」

襖の外から用人が声をかけた。

「いかがいたした」

「お勘定奉行大久保下野守さま、お見えでございまする」

「下野守が……はて、なんであろう」

わざと水野和泉守が怪訝そうな顔をした。

「では、わたくしはこれで」

機を見計らっていたように、仙石丹波守が頭を垂れて、辞去《じきょ》を告げた。

「おおっ、すまぬの。また、ゆっくりと話をいたそう」

水野和泉守が機嫌良く、仙石丹波守を見送った。

「ご多用のところ……」

入れ替わりに大久保下野守がやってきた。

「……そなた、道中奉行も兼任しておったの」

なかへ招き入れた水野和泉守がいきなり訊いた。

「いたしておりまするが」

現在大目付で道中奉行兼帯をしている者はおらず、勘定奉行の大久保下野守だけであった。

「一つ訊きたいのだが……報告はあったか」

「報告でございまするか。いいえ、ございませぬ」

誰からの報告かと言われずとも、大久保下野守は察した。

「それはよろしくないの。道中奉行副役の上司はそなたであろう」

「のはずでございまする」

大久保下野守が首肯した。

「任を果たして戻ってきておりながら、報告さえまともにできぬ。そのような者が惣目付などいかがなものか」

「御老中さまにお伺いいたしたきことがございまする」

首をひねる水野和泉守に、大久保下野守が質問を願った。

「なんじゃ」

「勘定方には、勘定吟味役という監察がございまする。今更、惣目付などという者が勘定方に口出しをする意味はございましょうや」

大久保下野守が尋ねた。

「公方さまは、すべてと仰せられた」

「すべて……」

聞いた大久保下野守が目を剝いた。

「残念ではあるが、これにかんして御用部屋はもうなにも言えぬ。詳細は各役職で問い合わせてもらうことになる」

「公方さまに直接……」

大久保下野守が震えた。

「水城からの報告がないことを公方さまに確認してはいかがかの。その流れで勘定方に対してどうなさるかをお伺いすればよい」

「なるほど。水城どのの失態を盾にする」

大久保下野守の震えが止まった。

「うむ。では、それでの」

うなずいて水野和泉守が大久保下野守を帰した。

「さて、次は寺社奉行か」

水野和泉守が独《ひと》りごちた。

二

将軍の一日は、午前中政務、昼からは趣味や散策、武術の稽古など好きなことにあてられる。とはいえ、急な政務や目通りの要望には応じなければならない。

「公方さま、大目付仙石丹波守がお目通りを願っておりまする」

昼餉《ひるげ》を終えた吉宗に、加納遠江守が告げた。

「大目付がか……ふん。よろしかろう。通せ」

吉宗が仙石丹波守の用件を悟って、嗤った。

「はっ」

加納遠江守がすぐに仙石丹波守を連れて戻ってきた。

「公方さまにおかれましては……」

「そなたも壮健《そうけん》のようでなによりじゃ」

仙石丹波守の挨拶に、吉宗が応じた。

「で、今日はなんじゃ」

「畏れながら……」

吉宗の促しに、仙石丹波守が話し始めた。

「……惣目付を新設する意味が聞きたいと申すのだな」

「さようでございまする。すでに御上には我ら大目付、目付、徒目付、勘定吟味役がございまする。新しい監察が要りましょうや」

「要るゆえ作ったのだ」

けんもほろろの答えを吉宗は返した。

「我らでは足りぬとの仰せでしょうか」

「足りぬ」

「……どこが至りませぬか、お教え願いたく。悪《あ》しきところは直しましょうほどに」

仙石丹波守が尋ねた。

「至らぬところだと……すべてじゃ。大目付は何の役にも立っておらぬではないか」

「それは……あまりのお言葉」

叱りつけるような吉宗に、仙石丹波守が驚いた。

「では、逆に問おう。大目付たちはなにをしておる」

「大名の監察の他に宗門改《しゅうもんあらた》め、鉄炮改め、道中奉行などを兼ねまする」

訊かれた仙石丹波守が、胸を張った。

「大名の監察。そなたたちから監察の結果を聞いたことはないぞ」

「それは保科肥後守どのが……」

「言いわけをするということは、しておらぬと認めるのだな」

「…………」

末期養子の禁を緩めた保科肥後守に責任を転嫁しようとした仙石丹波守が黙った。

「宗門改めというが、切支丹《キリシタン》はどこにおる」

「それは……」

「鉄炮改めをしているというなれば、躬が将軍となってからのものだけでよい。どの大名がどれだけの鉄炮をそろえているかを提出せよ」

「…………」

「道中奉行についても同じである。どこの街道が傷んでおるか、どこの宿場が荒れておるかを本来は知っておるのだな」

「…………」

次々と問われた仙石丹波守だったが、どれにも答えられなかった。

「なにも言えぬか」

吉宗があきれた。

「言えまいな。なにせ大目付は城から出たことさえないのだからな。江戸城内に切支丹がおるのか、控えの間にいて、どこの街道が傷んでいるかわかるのか」

「うっ……」

痛いところを突かれた仙石丹波守が呻《うめ》いた。

「そなた、幕府に金がありあまっていると思っているのか」

「そのようなことは」

慌てて仙石丹波守が首を横に振った。

「なにもしない大目付に高禄を払う余裕などない」

「まさか、大目付を廃されるおつもりか。神君家康公が諸大名を見張るために作られた大目付を……」

仙石丹波守が顔色を変えた。

「神君の御名を出せば、なんでも通ると思うなよ。神君家康公がお定めになられたものも変わっていく。末期養子の禁もその一つであろう」

大目付が飾りとなった要因を、わざと吉宗が例として出した。

「……………」

「わからぬか。末期養子の禁を緩めたゆえ、大目付の仕事が減った。そなたたちの先任者は、それを受け入れたのだ。つまり神君家康公のお定めより、保科肥後守の判断にそなたたちは重きを置いた。違うか」

「……………」

仙石丹波守が沈黙した。

「惣目付は違う。躬の判断に従って天下を監察する」

「公方さまのお考えで……」

吉宗の言葉に、仙石丹波守が啞然とした。

「いかに公方さまといえども、法度を無視しての……」

「その法度が今の状況を生んだのであろう」

恣意《しい》はよくないと言おうとした仙石丹波守を吉宗が抑えこんだ。

「法度を作ったときと今では、世のなかが違っている。戦の危惧が残っていたところに作られた武家諸法度は、泰平の世には合わぬ」

「なんということを……」

武家諸法度を無視すると言ったに等しい。仙石丹波守が呆然となった。

「人が変わるように、法度も変わるべきである。惣目付は、その執行を担当する」

「なりませぬぞ。それでは惣目付の気に入らぬ者を法度に合わずとして捕えることができましょう。法度は変わってはならぬのでございまする。法度が一つの決まりとなっているからこそ万人は、それを尊重いたし、世に正義が敷かれるのでございまする」

「……ほう」

必死で言い返す仙石丹波守に吉宗の目が吊り上がっていった。

「法度を変えるなと」

「変えるなとは申しておりませぬ。変えるならば、それだけの理由と周知徹底するためのときが要ります る」

確かめるような吉宗に、仙石丹波守が告げた。

「ときとはどのくらいだ」

「津々浦々まで行き渡らせるには、三年、いえ五年はかかりましょう」

訊いた吉宗に仙石丹波守が答えた。

「五年か。そこまで幕府があれば良いがの」

「公方さまっ」

仙石丹波守が驚愕の声をあげた。

「丹波守」

不意に吉宗が厳格な口調で仙石丹波守を呼んだ。

「手順を踏んでいる余裕などもうない」

吉宗が続けた。

「幕府とはなんだ」

「天下の政を担うものかと」

「そうじゃ」

答えた仙石丹波守に、吉宗が満足そうにうなずいた。

「政には金が要る。それもわかるな」

「わかりまする」

「では、金がなければ政はできぬということもわかるな」

「もちろんでございまする」

さらに確認した吉宗に仙石丹波守が認めた。

「その金が幕府にはない。つまり幕府はすでに天下の政を担うだけの力を失っている」

「金など大名たちに出させれば……」

仙石丹波守が提案した。

「あほう。幕府に金がないのだ、大名にあるはずなかろうが」

吉宗があきれた。

「では、外様《とざま》大名をいくつか潰して……加賀の前田《まえだ》、薩摩の島津、仙台《せんだい》の伊達《だて》を改易すれば、二百万石は浮きまする」

「なにもせず、大名を野放しにしてきた大目付が言うことではないぞ」

「……」

またも仙石丹波守が口を閉じた。

「そうじゃ。大名ではなく旗本を潰してもよい」

「公方さま」

口にした吉宗に仙石丹波守が蒼白になった。

「大目付を全部潰せば、留守居も不要じゃな。うむ。そなたの進言、受けたぞ」

留守居とはその名の通り、将軍が江戸を離れている間、江戸城を預かる役目のことをいう。五千石高で、十万石の大名格を有し、嫡男だけでなく次男までお目通りを許される。まさに旗本の頂点であるが、将軍が城を離れることがなくなり、預けられていた権を失い、大目付同様の閑職となっていた。

「お待ちをっ。わたくしはそのようなことを申してはおりませぬ」

勝手に納得した吉宗を仙石丹波守が止めようとした。

「目通りはこれまでじゃ。下がれ」

吉宗が手を振った。

「何卒《なにとぞ》、何卒」

仙石丹波守が必死になった。このまま抗弁できずに追い出されれば、仙石丹波守の進言で大目付と留守居は廃止になる。どちらも旗本のあこがれであり、その座を狙う者は多い。その旗本を仙石丹波守は敵に回す。それこそ爪弾きに遭いかねなかった。

「言いたいことを言っておきながら、今更なんだ。遠江、放り出せ」

「はっ」

命じられた加納遠江守が仙石丹波守の前に立ち塞がった。

「邪魔をせんでくれ、瀬戸際なのだ」

仙石丹波守が武士の情けをと加納遠江守に頼みこんだ。

「よりお怒りを買うことになりまするぞ。それよりも他の大目付の衆を説得し、惣目付を認めさせなされよ。さすれば……」

加納遠江守が仙石丹波守を宥《なだ》めた。

「おおっ。そうする」

仙石丹波守が加納遠江守の言うとおりにするとして、御休息の間を急ぎ足で出ていった。

「よくやった」

吉宗が加納遠江守の対応を褒めた。

「次はいかがいたしましょう」

「誰が来ておる」

「勘定奉行大久保下野守と寺社奉行土井《どい》伊予守《いよのかみ》が、お目通りを願っておりまする。どちらも惣目付についてお指図をいただきたいと。それに大久保下野守は、道中奉行副役が任を果たして戻ってきたにもかかわらず、報告がないとも」

御側御用取次は、目通りを願う者たちの用件を問い質《ただ》すことが役目である。老中でも要求を通せるが、直接将軍へ目通りの許される監察の大目付、目付には老中への面会を無理強いすることができなかった。

「報告がない……受けたところで、なにもせぬくせに」

吉宗が眉間にしわを寄せた。

「己の権益が侵されるとなれば、必死になる。普段から役目に精を尽くしておれば、こうなったところで慌てずにすむというものを」

「…………」

より怒りを強くした吉宗に、加納遠江守が黙って頭をさげた。

「思い知らさねばならぬな」

吉宗が目つきを鋭いものにした。

「お気色《きしょく》優れずとして、拒みましょうや」

これ以上吉宗を不快にしては、とばっちりを喰らいかねない。

加納遠江守が目通りを拒みましょうかと尋ねた。

「かまわぬ。通せ。二人まとめてな」

「はあ……」

吉宗の指示に一瞬加納遠江守が間抜けな反応を見せた。

年賀の挨拶などの儀礼的な目通りならば、まとめてもある。いや、できるだけ一緒に片付けていかないと終わらない。

しかし、役職を表に立てての目通りの場合は、個別が原則であった。役目柄かかわりのある普請《ふしん》奉行と勘定奉行などはかろうじてまとめてもあり得る。お手伝い普請の報告など、普請方と勘定方が手を組むことは多い。

そういった役目上のかかわりがあまりない勘定奉行と寺社奉行をまとめるなど、まさに型破りであった。

「よろしいので」

思わず加納遠江守が確認した。

「どうせ、惣目付は越権だとか、己の範疇《はんちゅう》だけは別扱いにしてくれだとか、益体《やくたい》もないことばかりを言うのだろう。いちいち相手をするなど無駄でしかないわ。面倒ゆえ、まとめて応対してくれる」

「はい」

口の端を吊り上げている吉宗に、加納遠江守が素直に従った。

「……大目付に勘定奉行、寺社奉行。それらが示し合わせたように文句を申してくる。誰ぞ、後ろで糸を引いておるな。あれらを動かせるとなれば、老中。久世大和守と戸田山城守には釘を刺した。となると残るは井上河内守か水野和泉守」

吉宗が唇をいびつにゆがめた。

「なめたまねをしてくれる。躬がそれを許すと思うたか」

吉宗が表情を消した。

三

箱根の関所を軽業師を装った志方が通過した。

「なんとも見事な技でございましたな」

「まさに、あれこそ軽業と申すものでございましょう。我らが城下で見ているようなものは、あれを見た後で言えば児戯《じぎ》でしかござらぬな」

忍の本業は軽業に近い。いや、生死がかかるだけに、その切れ味は軽業の比ではなかった。志方は、膝を曲げたとも見せず、二間（約三・六メートル）跳びあがったり、一本の杖を足場に片足立ちをしながらお手玉を操ったり、精一杯の技を見せ、

「通ってよい」

あっさりと通過を認められていた。

だが、その技の切れがよすぎ、退屈な毎日を繰り返していた関所の番人たちの記憶に残ってしまった。

「また見たいものよ」

「今度あの者が参ったおりには、もう少し長く軽業をさせましょうぞ」

一カ月交代で小田原《おだわら》城下から派遣されてくる大久保家家臣に関所番は依託されている。そのお陰で大久保家は小田原という要害の地から動かされずにすんでいるのだが、番人にとっては一カ月も家族と離れるだけでなく、酒を呑むことも妓《おんな》と戯《ざ》れることもできないだけに、こういった楽しみでもないとやっていられなかった。

「幕府伊賀組の者である。関所番の衆にお尋ねいたしたきことあり」

八頭の怪我が響いて出遅れた御広敷伊賀者が、志方が通り抜けた翌日箱根の関所に到着した。

「なんでござろうか」

関所番頭《ばんがしら》が応対した。

箱根の関所は西国《さいごく》の大名が謀叛を起こしたときに、江戸を護るため設けられている。当初は旗本が派遣されていたが、その費用と手間に疲れた幕府が、小田原藩大久保家へ預けて運営させている。当然、関所番はその任にある間だけだが、旗本として扱われる。関所番頭は御目見得以上の旗本ということになるが、一歩関所を出れば陪臣でしかない。

小者より少しましといった伊賀者、目見得以下の御家人でも気を使わなければならなかった。

「昨日か今日、変わった者が通らなかったか」

「変わった者でございますか……」

御広敷伊賀者の問いに、関所番頭が困惑した。

「女改めはしておるな」

「もちろんでございまする」

念を押された関所番頭が首肯した。

女改めとは、人質代わりの大名の正室《せいしつ》や姫が江戸から逃げ出すのを防ぐためのものので、女や子供、若衆《わかしゅ》などの胸を確認する。胸でわからない場合は下まで脱がすこともあるため、関所番にかかわりのある藩士の妻や母、近隣の農婦などが任じられた。

「となると武士か。武士の通過はどれほどあった」

「昨日と今日だけなれば、武士の通過はございませぬ」

御広敷伊賀者の問いに関所番頭が帳面を見ずに答えた。

武士とは主君を持つ者である。主君に仕えて禄をもらうだけに、あまり移動をしなかった。国元と江戸表の間もよほどのことでもなければ、使者の往来はない。ほとんどの場合、参勤交代あるいは、任期満了で国元へ帰る藩士に用件は託される。

「となると芸者か」

大道芸人だけでなく、武者修行中の者、宴席を取り持つ芸妓など、芸で世すぎをする者を芸者と呼ぶ。

「……そういえば」

そこで関所番頭が思い出した。

「なんだ」

「軽業師で……」

関所番頭が語った。

「それだ」

御広敷伊賀者が声をあげた。

「いつ通った」

「しばし、お待ちを」

今度は関所番頭が帳面を繰った。

「昨日の昼八つ（午後二時ごろ）でござる」

「わかった。拙者はそやつを追う。おぬしはこのことを江戸へ報せよ。早馬を出せ」

関所には万一に備えて早馬が用意されている。

「承知いたしましてござる」

関所番頭がうなずいた。

名古屋の城下は江戸には及ばずとはいえ、大坂に比肩し、駿河《するが》や姫路《ひめじ》などを凌駕《りようが》する。関ヶ原の合戦で勝利した徳川家康が、天下普請として加藤清正《きよまさ》、藤堂高虎《とうどうたかとら》などの豊臣恩顧《おんこ》の大名たちに造らせた名古屋城を中心に大きく拡がっている。

「変わらず繁華だな」

名古屋城下に入った藤川義右衛門は、待ち合わせの旅籠へ入ることなく、近くの旅籠へ草鞋を脱いだ。

「津山《つやま》藩松平家家中藤山一郎兵衛《ふじやまいちろうひょうえ》である。供の者たちと合流し、熱田《あつた》神宮への参拝をいたそうかと思っておる」

適当な身分と名前を、藤川義右衛門が告げた。

「では、お部屋は少し広めのほうが……」

「ああ。あと街道の見える部屋にしてくれるように」

「承知仕りましてございまする」

藤川義右衛門の要望を旅籠の番頭は受け入れた。

「先にお風呂になさいますか」

まだ夕餉には早い。番頭が尋ねた。

「そうさせてもらおう。旅は埃《ほこり》が多くてかなわぬ」

藤川義右衛門がうなずいた。

ここにいることは誰も知らない。藤川義右衛門は久しぶりに風呂を堪能《たんのう》した。

味方といえども主従ではないのだ。ましてや元が忍である。忠義など最初《はな》からない。ただ利害で結びついているだけで、いつ寝首を掻かれてもおかしくはなかった。

当然、寝ていても油断できないし、裸になる風呂などできるだけ早くすませなければ、危ない。それこそ、江戸を出てから一度も髪を解いてさえいなかった。

もともと忍は臭いを嫌がる。忍びこんだときに体臭がすれば、それだけで見つかることもある。それをわかっていても、十分な洗浄はできなかった。

「ふうう」

無患子《むくろじ》の袋を旅籠から買い取り、藤川義右衛門は髪から足まで念入りに洗った。

「二日くらいか」

藤川義右衛門は一人で隠れていられるのを、今日と明日くらいだろうと考えていた。

それ以上になると、藤川義右衛門が逃げたと思われ、かろうじてつながっている糸が切れてしまう。いかに伊賀者であろうとも、一人でできることなど知れている。

退路の確保なしに吉宗へ挑むなど、死にに行くも同じであるし、紬を掠われたことで警戒が厳重になっただろう水城家に入りこむことも難しい。

そう、単独では藤川義右衛門の恨みは晴らせなかった。

とはいえ、今の配下たちを信じきれてはいない。

伊賀の掟というすさまじく厳しいものがなくなった。いや、あるのだが、金の魔力の前に消えかけた蠟燭《ろうそく》の火のような状況にある。

三日や四日飲まず喰わずでも平然としている。普段、白米を見ることはなく、麦飯ばかりでも文句も言わない。化生《けしょう》の者、人外《じんがい》と罵《ののし》られても気にしない。酒も女も欲しがらない。

これこそ伊賀者であった。

それを藤川義右衛門が崩した。

「禄など捨ててしまえ。我らの力を的確に評価できない幕府なんぞ、知ったことか。今日から我らは思うがままに生きる」

吉宗に逆らって、御広敷伊賀者組頭から放逐された藤川義右衛門は、貧しく耐えることを強要されてきた同僚の欲望を刺激することで勧誘し、配下を得た。

忍の技を駆使して、一時は江戸の闇の半分近くを支配した。お陰で金も女も好き放題にできるようになったが、それによって配下たちが堕落してしまった。

「敵地に忍びこまずとも、賭場を一つ、二つ持っていれば月に何十両もの金が入る」

「何日も気配を殺し、他人の話を盗み聞かずとも、岡場所を一つ手にしていれば、そのあがりで贅沢三昧《ざんまい》ができる」

命がけにならなくても、贅沢三昧できるとわかった配下たちは、伊賀の掟を忘れた。

怒り狂った吉宗と聡四郎がいる江戸に居続けることの危険さをわかればこそ、藤川義右衛門の誘いにのって江戸から名古屋へ来たが、かつてのような絶対の結束はもう望めない。

すでに若い郷忍の一人が分け前を要求して、藤川義右衛門のもとから去っている。

「このままでは……」

なんとかつなぎ止めようと、江戸へ残してきた志方が大金を手に合流してくると言ってはみたが、その効果は疑問である。

「今、裏切られるのはまずい」

藤川義右衛門は焦っていた。

苦労して手に入れたすべてを奪われて、配下も信用できなくなっている。このままでは、とても幕府を相手にできない。

「何人集まるか」

集合場所にした伊勢屋という旅籠を藤川義右衛門は見張り、誰が来ず、誰が来るのかを確かめようとしていた。

藤川義右衛門は疑いを持っている。いや、状況が藤川義右衛門を追いこんでいた。

「鞘蔵は来る」

腹心《ふくしん》とも呼べる配下だったが、

「……………」

藤川義右衛門は二階の窓から伊勢屋の出入りを見張った。

「……来た。あれは助造か」

最初に伊勢屋へ姿を見せたのは、伊賀の掟を鼻で嗤った助造であった。

「備前《びぜん》岡山藩池田家中の桶川《おけがわ》と申すが、安川どのはもうお着きか」

助造があらかじめ決めていた偽《にせ》の身分を口にして、伊勢屋の客引きへ話しかけた。

「池田さまのご家中さまでございますか。少しお待ちを」

客引きが伊勢屋へ入っていったが、すぐに戻ってきた。

「まだお見えではございませぬ」

「さようか。では、しばらくしてからまた訪ねるとしよう」

助造が伊勢屋に入らず、離れていった。

「……………」

その様子を藤川義右衛門が見つめていた。

「来ただけましか」

藤川義右衛門が呟いた。

「……助造だけか」

結局その日は、他に誰も来なかった。

翌日も助造が訪れただけで、鞘蔵さえ現れなかった。

「声をかけるか」

忍の足ならば、昨日中に名古屋へ着いていなければならない。罠などを疑って様子を見ても、一日がいいところである。

「予想とは違ったな」

藤川義右衛門が苦笑した。

「連れが遅れているようじゃ。明日には発つ。勘定を」

二日世話になった旅籠に出立《しゅったつ》の手配を藤川義右衛門が頼んだ。

「へい」

二階の部屋まで呼ばれた番頭が去った後に、藤川義右衛門が小さく唇をゆがめた。

「出てこい」

「……遅くなりまして」

藤川義右衛門に言われて、今番頭が出ていったばかりの障子を開けて、鞘蔵が入ってきた。

「よく気づいたな」

「…………」

感心した藤川義右衛門に、鞘蔵は笑みを浮かべた。

「これを……」

座った鞘蔵が小判二十二枚を差し出した。

「うむ」

すんなりと藤川義右衛門が受け取った。

「他には……」

「一人狙っていたようでございましたが、途中であきらめやした」

「誰だ」

「須野《すの》だと見ました」

老年寄りの抜忍が、最初に金を要求して去っていった若い郷忍の金を狙っていたと鞘蔵が答えた。

「年寄りのわりに強欲だな」

「そろそろ隠退の頃合いでございまするゆえでしょう」

伊賀者などの忍はどうしても身体を酷使する。他人より高く跳び、音を立てずに走る。当然ながら、歳を取ると満足のいく動きができなくなってくる。無理をして現場で失敗をしてしまえば、命にかかわった。

なにより任の失敗は伊賀者の名前を汚す。

そのため幕府伊賀者は身体が十全に動ける間に隠居するのが常とされてきた。他の役職なれば、仕事にも精通した働き盛りの四十歳には、現場を離れる。

忍に余生というのもおかしいが、隠居した伊賀者の生活は悲惨でしかない。与えられる家禄ではとても隠居した父と母を養うのは難しい。若い夫婦のために隠居した父や母は、手伝えることがある間だけ組屋敷に残り、それがなくなったあとは高《た》尾《か》山《おさん》の修行地へ行き、自給自足の生活に入る。ようは捨てられる。

それを見てきた須野が、一生涯を生きるには辛いが二年くらいならば余裕で生活できる金を手に入れた。もう一人を狙えば、四年になる。そう考えても別段不思議ではなかった。

「少ないだろう」

だが、藤川義右衛門は納得していなかった。

「隠居間近とはいえ、須野はまだ三十の終わりくらいだろう。人生を五十年としたところで、四十両やそこらでは足りるまい」

「……たしかに」

今気づいたと鞘蔵も眉間にしわを寄せた。

「四十両を元手に商いをするつもりでは」

「四十両で商売か。なにをするというのだ。小商いくらいしかできぬぞ」

藤川義右衛門が首をかしげた。

「さて」

鞘蔵も困惑した。

「で、須野はどこに」

「わかりませぬ」

伊賀者同士で、多少腕の差はあるとはいえ隠居近くまで任を無事に果たし、たいした怪我をすることもなくきたのだ。かなりの腕達者である。本気で身を隠す気になれば、藤川義右衛門でも見つけるのは困難であった。

「逃げたか」

「追いますか」

鞘蔵が訊いた。

「見つけられぬだろう。なにより一人にかかわっている余裕はない。できるだけ早く、この名古屋で足がかりを作らねばならぬ」

「はい」

藤川義右衛門の意見に鞘蔵がうなずいた。

「そういえば、残りの者はどうなった。おぬしを入れて二人しか姿が見えぬ。須野が逃げたとして、あと一人」

「誰が参っておりまするか」

「助造が……」

鞘蔵の質問に藤川義右衛門が答えた。

「……助造が最初に」

すっと鞘蔵が目を細くした。

「気に入らぬか」

「入りませぬ。あやつが最初に脱落すると思ったのでございますが……」

そう長く一緒にいたわけではないが、助造の金遣いの荒さは異様であった。吉原で散財し、一夜で数十両を使うときもあった。

「我らの金を狙っているのでは」

鞘蔵が助造の考えていることを予想した。

「ありえぬわけではないが……無理だろう」

助造もそれなりにできるが、鞘蔵ほどではないし、肚《はら》をくくり躊躇をなくした藤川義右衛門の敵ではなかった。

彼我《ひが》の差を見抜くのも忍の技である。助造が藤川義右衛門を襲うとは考えにくかった。

「……二日続けて宿へ問い合わせだけに来ている」

「ああ。一度も伊勢屋の暖簾を潜《くぐ》ってはおらぬ」

「まさか。いや、ひょっとすると」

鞘蔵が呟き始めた。

「どうした」

その様子に藤川義右衛門が問うた。

「お頭、志方にも伊勢屋の名前は教えて……」

「ああ。そうしないと合流できぬであろう。まさか名古屋の城下を探し回らせるわけにもいくまいが」

確かめた鞘蔵に藤川義右衛門がうなずいた。

「まさか、助造は志方を待っている」

「志方が持って来る金をか」

藤川義右衛門も気づいた。志方が三百五十両を持ってくると皆に告げている。

「仲間の振りをして、志方を誘い出せば……」

「あるいは、志方を出迎えて……」

鞘蔵と藤川義右衛門が顔を見合わせた。

「まずいな。一度、助造に姿を見せておかねばなるまい」

牽制《けんせい》しなければならないと藤川義右衛門が頬をゆがめた。

「志方はいつくらいに」

「江戸の様子をしっかり確認してから来いと命じたからな。五日はかかろう」

「ということは、あと三日」

二日名古屋城下で藤川義右衛門は過ごしている。その分を鞘蔵は引いた。

「須野の姿がないのも」

「街道口を見て来い」

鞘蔵の懸念に藤川義右衛門が焦った。

四

鞘蔵を送り出した藤川義右衛門は、旅籠の番頭に遊廓の場所を訊いた。

「大須の観音さん近くに何軒かございます」

「そうか。では、行ってくる。遅くなるやもしれぬがよいか」

教えてもらった藤川義右衛門が、小粒を一つ番頭に渡した。

「表が閉まっておりましたら、潜《くぐ》りを叩いてくださいませ」

心付けに旅籠の番頭が喜んだ。

「頼んだ」

藤川義右衛門が旅籠を出た。

「大須には近づけぬわ。宿があるからの」

苦笑しながら藤川義右衛門は名古屋城を目指した。

「……どうかの」

名古屋城に近づいた藤川義右衛門が、城を見物しているように見せかけながら辺りに目を配った。

「さすがは天下普請と言われるだけある……」

近くで藤川義右衛門に気を向けてくる者がいたときのために、わざと独り言を口にしながら、様子を窺う。

「……目らしいものはないな。ずいぶんと甘い」

城見物を装っているとはいえ、藩士ではない者が大手門の近くで立ち止まっているのだ。不審を覚えた誰かが気にしてもおかしくはない。それがよほどの達者でないかぎり目には力がこもるため、なんとなく見られているとわかる。

その気配がなかった。

「このまま忍びこんでもいいが、まずは身内の腐った芋を取り除かなければ、腹を壊す」

城見物をしていた者としての礼儀、天守閣へ向けて頭をさげた藤川義右衛門が踵《きびす》を返した。

軽業師に化けて関所を無事に抜けた志方は、遅れたぶんを取り戻そうと街道を急いでいた。

「おい、おめえ」

三島を過ぎたところで、志方が呼び止められた。

「わたくしでございますか」

志方が足を止めた。

「おめえ、河原者だな」

河原者とは、大道芸などを生業とし、祭りなどを営業できる場所を求めて放浪する芸人のことである。宿に泊まると金がかかるため、水辺の河原で寝泊まりをしたところから、そう呼ばれていた。

「さようでございますが」

腰を低くして志方が応対した。

東海道は日が暮れでもしないかぎり、たえず人通りがある。もめ事などを起こせば、目立つ。

「三島で商売したな」

「いえ。今回は通過だけでございまする」

「三島は、この不二《ふじ》の甚三《じんぞう》さまの縄張りよ。そこで商売をするなら、おいらに挨拶が要る。それくらい、この辺りで商売をする者なら知っているだろう」

「ですから、今回は……」

「本来ならば手足を折って二度と軽業をできないようにするところだが、おいらは優しいので有名なんだ。手持ちの金を全部出しな。それで今回は見逃してやる」

志方の言葉を聞かず、不二の甚三と名乗った男は要求を口にした。

「…………」

「おい、出てこい」

黙った志方を脅すために、不二の甚三が隠れている配下たちを呼んだ。

「四人……」

前後を塞がれた志方が呟いた。

当たり前のことだが、不二の甚三が出てきた段階で、街道の脇に潜んでいる仲間に志方は気づいている。

「逃げられると思うなよ」

勝ち誇った不二の甚三がにやりと笑った。

「うっとうしい」

色々と我慢してきた志方だったが、集合場所へ行くのを邪魔されることに苛立った。

「なんだ」

不二の甚三がよく聞こえなかったのか、怪訝な顔をした。

「ここから名古屋まで急げば四日ほどか」

忍は飛脚よりも速く走れる。

「なにを言ってやがる」

「早馬を出されては困るが……」

新居《あらい》関所も軽業師として通過するつもりでいたが、ここで面倒を起こし、軽業師を捕まえろとなっては予定が狂う。

「だから、なにを……」

「うるさい」

志方が迫ってきた不二の甚三の顔を裏拳で打ち据えた。

「がはっ」

人体の急所の一つ、人中《じんちゅう》を叩かれた不二の甚三が崩れ落ちた。

「兄貴……」

「てめえ」

残り三人の無頼が啞然となった。

「うるさい」

志方はそれぞれに一歩で近づくと、鳩尾《みぞおち》、喉仏、延髄《えんずい》と急所を遠慮なく潰した。

「…………」

どこも一瞬で命を断つ。うめき声もあげることなく、無頼は全滅した。

「手裏剣をどこかで手に入れねばならぬが……」

江戸で八頭に追われたとき、志方はその牽制のため、手持ちの手裏剣を使っている。次に手に入れられるまで、大切にしなければならなかった。

棒手裏剣は鉄の芯に近い。作るのは簡単だが、炉《ろ》がいるし、槌音《つちおと》も出る。そのへんの鍛冶屋に頼んでも作れるが、普通に使うものではないだけに、興味をひいてしまう。

藤川義右衛門を始めとする抜忍は、新たな手裏剣を手に入れる術《すべ》を失っていた。

「釘では代わりにならぬ」

鍛冶屋に行けば釘くらいは簡単に手に入る。しかし、投げるために鍛えられた棒手裏剣と木材を留めるために作られた釘では精度が違いすぎた。

棒手裏剣は真っ直ぐ飛ぶようにゆがみは許されない。対して釘は刺さった後抜けにくいように多少ゆがんでいたほうがいい。

ゆがんだものを投げたところで、狙ったところに当たらない。離れたところから一撃で敵を屠るために投げた手裏剣が、急所からずれたところに当たった。そんなまねをしてしまえば、即座に居場所が特定され反撃を受ける。

「飛び道具がないのは辛い」

ここにきてようやく伊賀を抜けた影響があきらかになってきている。武器の補充が利《き》かないのだ。

志方は走りながら唇を噛んだ。

箱根から志方を追った御広敷伊賀者は、三島で騒動があったことを摑んだ。

「軽業師が無頼四人を殺した」

人殺しなど何十年に一回あるかないかである。三島の宿は大騒ぎであった。

「いつの話だ」

無駄な金だと惜しみながら御広敷伊賀者は茶店に座り、茶代を払って親爺から話を聞いた。

「今朝のことだそうですよ」

「その軽業師の顔とか姿とかは、代官所に……」

「あんな壁蝨《だに》のような連中、死んだところで喜ばれるだけ。お代官所も知らん顔ですよ。東海道を上っていったらしいですがね、もうお隣の国に入ってましょう」

藩が変われば、追捕《ついぶ》の役人を出すわけにはいかなくなる。手続きを踏めばできるとはいえ、そのためには藩と藩の間で交渉をしなければならないのだ。無頼という迷惑を撒《ま》き散らしていた者のために、藩が動くはずはなかった。

「駿府町奉行所へも報せは……」

「出しはしませんよ。己のところの責任をこっちに持って来るなと叱られるだけで」

手を振りながら茶店の親爺が離れていった。

「ちっ」

薄いとはいえ金を払っている。舌打ちをしながら、茶を飲み干した御広敷伊賀者が、茶店を出た。

「足留めもかなわぬか。まったく、代官も町奉行所もなっておらぬわ」

罵《ののし》った御広敷伊賀者が西へ奔《はし》った。

惣目付を吉宗から直接命じられていながら、それ以降がまったくない。

「女どもを抑えよ」

「世間を見て来い」

吉宗が八代将軍となってから、聡四郎は二回新しい役目を与えられている。いや、押しつけられていた。

最初が御広敷用人であった。吉宗が大奥の所用を担当する役方《やくかた》、文官《ぶんかん》として創設した役目で、紀州から連れて来た小出半太夫《こいではんだゆう》たちが御台所、将軍生母、側室などの世話をしていた。

「大奥の無駄をなくせ。女どもに表へ口出しをさせるな」

当初、誰付きになるかの指定もなく、無任所の御広敷用人となった聡四郎は、吉宗の意図に沿うべく、大奥に出入りする者たちを監察していた。

「竹姫《たけひめ》を頼む」

それが変わったのは、大奥で静かに朽ち果てていくだけであった五代将軍綱吉の養女で京の公家清閑寺《せいかんじ》権大納言《ごんのだいなごん》の娘竹姫に吉宗が惚れたからであった。

すでに正室を亡くしていた吉宗の継室とするべく、竹姫を守り、ふさわしい待遇をおこなうため、聡四郎が付けられた。

しかし、多くの大奥女中を放逐したり、無駄遣いをさせないように締めつけた吉宗への反発が、高貴な恋を許さなかった。

「順逆を乱すは、禽獣《きんじゅう》の仕業なり」

竹姫は綱吉の養女である。血はつながっていない。ただ、その形だけのものが二人を引き裂いた。

将軍は一系でなければならない。親子ではない者の間で将軍位の移動などあってはならないのだ。皆徳川家康の子孫だから無意味なものではあるが、前将軍と次の将軍が親子でない場合、新しい将軍は前将軍の子にならなければならなかった。

つまり、綱吉は兄家綱の養子に、家宣は綱吉の養子に、家継は家宣の嫡男なのでそのまま、そして吉宗は七代将軍家継の養子になった。

八歳の将軍に三十三歳の息子。馬鹿げているが、これこそ幕府にとって金科玉条《きんかぎょくじょう》であった。

つまり、吉宗は綱吉から見れば曾孫になる。綱吉の娘になる竹姫は、吉宗の大叔母にあたる。

「大叔母を娶るなど、天下の順逆を汚す」

大奥から出た反対は、まさに正論であった。

「……無念なり」

これから天下を改革しようと考えている吉宗に、悪評はまずい。

「将軍が人倫にもとることをしておきながら、我らには辛抱せよ、倹約いたせと命じるのか」

面従腹背どころか、露骨に敵対されることになりかねない。

涙を呑んで吉宗は、竹姫との婚姻をあきらめた。

「御広敷用人の任を解く」

吉宗の腹心の聡四郎も、竹姫の一件で大奥を敵に回した。また、大奥は竹姫をあきらめさせられた吉宗の憎悪を受け止める羽目になり、おとなしくなっている。ちょうど紅が妊娠、出産というときでもあった。

聡四郎は御広敷用人から外れた。

「そろそろ働け。道中奉行副役を命じる」

しばしの休みの後、聡四郎は道中奉行副役という新たな役目に任じられた。

「世間を見て来い」

吉宗は聡四郎に京、大坂などの遠国を見聞させるために、道中奉行副役というどこへ行っても不思議ではない役目を作った。

駿府城代、京都所司代、大坂城代、その配下たちを吉宗は見せようとしていた。

幕府の役人でありながら、幕府の目の届かないところにいる者たちが、どのような考えで動き、なにをしているかを把握することは、吉宗のもとで働くならば知っていなければならないからであった。

本当は唯一、諸外国との門戸を開いている長崎まで行きたかったが、紬の誘拐があり、大坂で折り返すことになったが、それでも一定の経験は積めた。

「惣目付に任じる。すべてを監察いたせ」

今回は、さすがに無茶苦茶であった。

「そのような重任、わたくしにはとても」

断りを入れたいところだが、今までのつきあいで吉宗が引かないことを、聡四郎は十二分に知っている。

「謹んでお受けいたしまする」

返答はこれしかない。断れば、それこそもっととんでもないことを命じられかねないというのもある。

だが、新しい役目というのは、なにをすればいいかがわからない。

勘定吟味役、御広敷用人と役人を歴任してきた聡四郎は、役職の縄張りというものをよく知っている。

役人は己の権益に他人が手出しすることを極端に嫌がった。嫌がるだけではなく、陰に陽に邪魔をしてくる。

「惣目付である。すべてを差し出せ」

いくら吉宗の指示だからといって、こんなまねをしようものならば、たちまち相手は態度を硬化させ、出てくるものも出てこなくなる。

「公方さまの威を使うのは最悪のときだけだ」

吉宗の名前を出せば、すべてが通るわけではない。それこそ、寵臣だと威張っているも同じで、味方をなくす。周りには聡四郎のおこぼれをもらおうとする碌でもない連中しかいなくなる。

「権限が大きいだけに、詳しく決めてもらいたい」

どこまでしていいのかがはっきりしないと、火傷《やけど》をすることになる。

聡四郎は吉宗が諸職とすりあわせをしてくれるのを期待していた。

「望み薄だが……」

吉宗の性格からして、立ち塞がる者は退けて進むつもりでいるとわかっている。

「やられるほうの身にもなってもらいたい」

老中でも吉宗には勝てない。となれば、惣目付によって生みだされる軋轢《あつれき》はすべて聡四郎にのしかかってくる。

さらに、今までの比ではない負担になるのも目に見えている。

「はあ」

聡四郎はため息を吐いた。

「誰か手伝ってくれる者が要る」

大宮玄馬には命を預けられる。だが、大宮玄馬は家臣であり、城中へ連れていくことができなかった。

「……おるのだろうか」

惣目付という名前だけでもわかる。この役目はまちがいなく波乱を呼ぶ。他の役人から忌避《きひ》され、吉宗に知られないよう姑息《こそく》な嫌がらせを受け続けることもわかっている。どう考えても厄《やく》なのだ。役人を目指す者にとって、惣目付の配下などなんとしても避けたい。

「そういえば、今まで下僚という者との縁はなかった」

御広敷用人は御広敷を統括するといいながら、御広敷番頭という別系統があり、番士たちを直接配下としては使えなかった。

道中奉行副役にいたっては、聡四郎一人きりで下僚はいなかった。

「唯一が勘定吟味役をいたしていたときについてくれた勘定吟味改役《あらためやく》の太田《おおた》どの

だけ」

聡四郎は老練な勘定方役人であった太田彦左衛門《ひこざえもん》を思い出していた。勘定奉行であった荻原近江守重秀《おぎわらおうみのかみしげひで》に支配されていた勘定方を刷新《さっしん》すべく、新井白石によって送りこまれた聡四郎の配下として、いや、ただ一人の味方として働いてくれた。

「ゆっくり隠居生活をいたしまする」

聡四郎が勘定吟味役を辞するに伴って、太田彦左衛門も勘定吟味改役を離れ、小普請入りをした。以降忙しくしていたこともあり、交流は途絶えていた。

「一度訪ねてみるか」

無性に聡四郎は懐かしい顔を見たいと思った。

勘定奉行であろうが、寺社奉行であろうが、将軍の前では家臣でしかない。

「……誰に唆《そそのか》された」

惣目付の創設に反対意見を述べに入った勘定奉行大久保下野守と寺社奉行土井伊予守は、意見を述べる前に吉宗からの威圧を受けた。

「老中水野和泉守さまにお声をかけていただきましてございまする」

保身に長《た》けていなければ、出世などできない。

大久保下野守、土井伊予守の二人は、あっさりと上役を売った。

「わかった。そなたたちの名前は出さぬ。安心して下がれ」

上申を聞かずに吉宗が手を振った。

「かたじけのうございまする」

「畏れ入りましてございまする」

二人ももう惣目付への反対を口にすることはなく、そそくさと御休息の間を下がった。

「公方さま……」

加納遠江守が気遣った。

水野和泉守は吉宗が将軍となってから老中に任じた、いわば、腹心である。その腹心が吉宗に敵対した。

「……っ」

さぞや怒っているだろうと吉宗を見た加納遠江守が絶句した。

「ふふふ」

吉宗は笑っていた。

「公方さま……」

「躬に逆らうだけの気力があるとは思っていなかった。言われたことをするだけでいいと思い、てきとうに選んで引きあげたが……」

「…………」

加納遠江守が吉宗の様子に絶句した。

「将軍に裏でとはいえ、手向かうだけの肚があるのだ。なれば、どれほど酷使しても潰れまい」

吉宗が満足そうに言った。

「和泉守を呼びまするや」

「要らぬ。大目付も勘定奉行も寺社奉行も反対を取り下げたのだ。躬に己のやったことを知られたと気づくだろう。それでいながら、免職もされず、叱られることもない。なにも言われぬことの恐ろしさ。あやつはいつまで保《も》つかの」

加納遠江守の申し出に、吉宗が手を振った。

「これで反対は潰した。もう一度、聡四郎を呼び出さねばなるまい。あやつも少しは成長したようであるしな。躬がなにをしたいか、それを教えておかねばの。あやつはときどき理に傾き、見当違いなことをするゆえな」

吉宗が楽しそうに目を細めた。

「なにより……」

笑いを消して、吉宗が続けた。

「惣目付を設けるというだけで、これだけ右往左往する。つまり役人たちには、後ろ暗いことがありすぎるのよ。虚仮威《こけおど》しとしても十分。これで実動を始めれば、どれほどの動きがあるか」

「水城一人では手が回らぬのでは」

冷たい声で言う吉宗に、加納遠江守が懸念を口にした。

「あやつもそろそろ人を使うことを覚えねばならぬ。なんでも己でしようというのでは、これ以上の立場は難しい」

「では、下僚をおつけになると」

「ああ、つけてくれるぞ。伊賀の郷の忍を呼び寄せる。さぞや焦るであろうな、遠藤湖夕も川村仁右衛門もな」

吉宗が口の端を大きく吊り上げた。

伊勢屋に入った藤川義右衛門は、宿帳もそこそこに番頭を追い返すとするりと部屋を抜け出して、屋根の上に腹ばいになって辻を見下ろした。

「すまぬ、安川どのはお見えになったか」

いつもと変わらず昼過ぎに助造が、伊勢屋の客引きを捕まえて問うた。

「ああ、岡山の安川さまなら、一刻《いっとき》（約二時間）ほど前にお出でになられました。お呼びしますか」

「いや、いい。すまなかったな、手を止めて」

助造があわてて客引きを制し、急いで踵《きびす》を返した。

「…………」

その後を屋根から降りた藤川義右衛門がつけ始めた。

忍の本分は意識の外にある。そこにあっても、そこにいても、それが当たり前で気にならない。それができて初めて忍は一流たり得る。

藤川義右衛門は助造のかなり後ろを人の流れに沿ってついていく。

「…………」

ときどき助造が振り向くが、藤川義右衛門は反応を見せない。堂々と武士らしく胸を張って歩く。

顔をはっきりと確認できないほど距離を空けていれば、怪しい動きを見せなければ、相手の警戒に引っかかることはまずなかった。

助造は東に向かい、東海道から名古屋へ分岐する伏見《ふしみ》通のなかほど、金山《かなやま》の宿場に進んだ。

「須野」

金山の宿場手前で助造が足を止めて、小声で呼んだ。

「……おい、須野」

しばらく待っても返答がないことに助造が首をかしげた。

「厠か」

助造が苦い顔をした。

「いつ志方が通るかわからぬというに。なんのために拙者が夜を徹して見張りをしているのだ。昼間はおぬしの担当だろう」

いつまで待っても須野が姿を見せないことに、助造が焦りだした。

「まさか、すでに志方を仕留め、その懐の金を独り占めしたのではなかろうな」

助造の目が血走り始めた。

「二人で分ければ百七十五両、手持ちと合わせれば、二十年とは言わないが十五年は十分やっていける。そう話をしたというのに……」

仲間の裏切りに助造が興奮した。

「よう、助造。ずいぶんと荒れているじゃないか」

「……鞘蔵じゃないか。今頃名古屋に着いたか」

声をかけてきた鞘蔵に、なにもないと答える代わりに助造が質問をし返してきた。

「なあに、金の回収にな」

「金の回収……」

助造が目を見張った。

「まさか……おまえ、須野を……」

「…………」

無言で鞘蔵が嗤った。

「ま、待て。志方がもう来るはずだ。志方をやれば三百五十両だぞ。ああ、もちろん、山分けなんぞとは言わない。こちらは五十両でいい」

助造が鞘蔵を丸めこもうと必死になった。

「おまえを殺して懐の金を奪えば、すべて総取りできるのだぞ」

「……ちい」

後ろへ跳んで間合いを空けつつ、助造が手裏剣を撃った。

「……ふん」

鞘蔵が手裏剣をかわした。

「やられてたまるか。ようやく伊賀という地獄から抜け出したのだ。これからも楽しく生きていくのよ」

助造が刀を抜いて、鞘蔵に切っ先を突きつけた。

それを見ても鞘蔵は突っ立っているだけで、なにも応じようとはしなかった。

「死ねやっ」

助造が鞘蔵に斬りかかろうとした。

「地獄を抜け出したなら、行くところは極楽浄土だろう」

「えっ……」

腹から刀が生えてきたことに、助造が唖然とした。

「裏切った以上、死ぬ覚悟はできていたはずだ」

「……お頭」

氷のような声に助造が気づいた。

「裏切り者を許すほど、吾が甘いと思ったか」

藤川義右衛門が一気に刀を抜いたことで、助造は支えを失ったように崩れた。

「残ったのはおぬしだけ」

感情のない表情で藤川義右衛門が鞘蔵を見た。

「……はっ」

鞘蔵が震えあがった。

「では、行こうか」

藤川義右衛門が鞘蔵を促した。

「どちらへ」

「尾張藩徳川家六代目当主権中納言さまのもとよ」

尋ねた鞘蔵に藤川義右衛門が答えた。

「天下を分け合わぬかと誘いにな」

藤川義右衛門が告げた。

解説

野沢香代《のざわかよ》
（タロー書房・書店員）

私が上田秀人先生の作品に出合ったのは、十二、三年ぐらい前のことだったと思います。

以前勤めていた書店では、お店のレジの前の一等地に「時代小説文庫」の棚を作っていたのですが、文庫担当者が辞めることになり、私が引き継ぐことになりました。それと同時に、棚を拡張することになりました。

当時「時代小説文庫」の棚には、池波正太郎《いけなみしようたろう》さん、司馬遼太郎《しばりようたろう》さん、藤沢周平《ふじさわしゆうへい》さん、佐伯泰英《さえきやすひで》さんといった作家の方の作品が並んでおり、さて、新たにどなたを加えようかと悩んでいた時に、上田先生の作品に出合いました。

時代小説の読者の方々は、とても目が肥えていらっしゃり、面白い、面白くないの判断がハッキリしています。

中には「この時代にはまだ○○はなかったはず」「この○○の大きさの表示、まちがってるよね」などと辛口の感想を述べる方もいらっしゃいますが、そういった方々にも、上田先生の作品は好評で、着々と「時代小説文庫の棚の顔」として、売り上げを伸ばしていきました。

しばらくしてから、上田先生がお店に直接いらっしゃるという、書店員としてはとても有難く、貴重な機会に恵まれましたが、作家先生とどういったお話をすればいいのか、内心不安でした。

しかし、お会いした上田先生はとても気さくな方で、一書店員である私に、

「お店の中のとても良いところに本を並べてくれてありがとう」

とおっしゃってくださり、本当にうれしかったことを覚えています。

有難いことに、その後、何度かお目にかかる機会がありまして、そのたびに思うのですが、いわゆる〝真《ま》っ新《さら》〟な状態から物語を紡ぐというのは、私にとっては想像を絶することであり、時代背景はもちろん、色々と調べ上げるだけでも大変な量であり、そのうえ面白い小説が書けるというのは、どういうことだろうと、いつも不思議に思っています。

しかも、毎月一冊以上、新作を描かれていることを考えると、頭の中を覗いてみたくなります。

お客様から「このシリーズの次の巻はまだ出ないの？」「いつ出るのかしら？」とたびたび問い合わせをいただきます。

上田先生の新作をお待ちいただけるのはもちろんうれしいことなのですが、〝物語を書く〟というのは、思っているより大変なことなんですよ！　とお客様にお伝えしたくもなります。

水城聡四郎シリーズは、時代物と言っても武士の権力争いばかりではなく、恋愛話、師弟愛、絆で結ばれた主従関係と盛り沢山ですので、ちょっと時代物は……と敬遠されている方にも、ぜひ手に取ってもらいたいですね。

ちなみに、私は水城聡四郎の家士の大宮玄馬がお気に入りです。聡四郎と主従関係ではありますが、それだけではなく、男と男の信頼関係以上の、女である私にはわからない「なにか」で繋がっているのだなぁと羨ましく思います。

また、聡四郎の妻紅は、心配がたえないでしょうが、こんなにも愛されているのは、同じ女性として、これまた羨ましい限りです。

さて、この水城聡四郎は「勘定吟味役異聞」「御広敷用人　大奥記録」、そして、

「聡四郎巡検譚」と三つのシリーズで活躍し、その成長を楽しみに読ませていただいていました。

物語にいつか終わりが来ることはわかっていますが、その聡四郎の最終シリーズが始まると聞いて、一人の読者としてはちょっぴり哀しくせつないです。

でも、お別れするまでの間、聡四郎と彼を取り巻く人々の今後を精一杯たのしんでいこうと思います。

書店員の仕事は「本を売ること」ですが、毎日毎日、たくさんの本が出版されています。

その中で、いかにして自分がオススメしたい面白い本をお客様に手に取っていただくか、日々、悩むところではあります。

先生の思いの詰まったこの一冊を、しっかりと店頭に並べて、一人でも多くの読者にお届けするのが、私の役目だと思います。

今回、水城聡四郎シリーズの最新作の解説をとのお話をいただいた時は、書店員の私が書かせていただいてよいのだろうかと思いましたが、大好きな上田先生の作品の解説を書くという機会は、今後ないことでしょうから、喜んでお受けしました。

最後になりますが、読者、出版社の方々にはいつもお世話になり、ありがとうございます。

また、上田先生には、一言では言い表せないくらい、感謝の気持ちでいっぱいです。ありがとうございます。

ようやく始まったばかりの新シリーズでの水城聡四郎の行く末を楽しみに見守りながら、私自身もまた、成長していけたらと思っています。

光文社文庫

文庫書下ろし／長編時代小説

惣《そう》目《め》付《つけ》臨《りん》検《けん》仕《つかまつ》る 抵《てい》抗《こう》

著 者 上《うえ》田《だ》秀《ひで》人《と》

2021年1月20日 初版1刷発行

発行者 鈴木広和
印 刷 萩原印刷
製 本 ナショナル製本

発行所 株式会社 光文社
〒112-8011 東京都文京区音羽1-16-6
電話 (03)5395-8149 編集部
8116 書籍販売部
8125 業務部

ISBN978-4-334-79136-0 Printed in Japan

組版 萩原印刷